John Berger
Auf dem Weg zur Hochzeit

Roman

Aus dem Englischen
von Jörg Trobitius

Carl Hanser Verlag

Die Originalausgabe erschien unter dem Titel
To the Wedding
bei Pantheon, New York 1995
© by John Berger 1995

1 2 3 4 5   00 99 98 97 96

ISBN 3-446-18523-2
Alle Rechte dieser Ausgabe
© 1996 Carl Hanser Verlag München Wien
Satz: Libro, Kriftel
Druck und Bindung: Clausen & Bosse, Leck
Printed in Germany

*Wunderbar eine Handvoll Schnee im Mund
der Männer, die Sommerhitze leiden.
Wunderbar das Frühlingswehen
für Seeleute, sehnsüchtig, Segel zu setzen.
Und noch wunderbarer das gemeinsame Laken
über zwei Liebenden in einem Bett.*

Ich zitiere gern alte Verse, wenn es zum Anlaß paßt. Ich erinnere mich an das meiste, was mir zu Ohren kommt, und ich lausche den ganzen Tag, aber manchmal weiß ich nicht, wie ich alles zusammenreimen soll. Wenn das geschieht, dann halte ich mich an Worte und Sätze, die wahr zu klingen scheinen.

In dem Viertel um die Plaka, das vor etwa einem Jahrhundert ein Sumpf war und wo jetzt der Markt abgehalten wird, nennt man mich Tsobanakos. Das bedeutet: ein Mann, der Schafe hütet. Ein Mann aus den Bergen. Ich habe den Namen wegen eines Liedes bekommen.

Jeden Morgen poliere ich, ehe ich zum Markt gehe,

meine schwarzen Schuhe und bürste den Staub von meinem Hut – es ist ein Stetson. Es gibt viel Staub und Luftverschmutzung in der Stadt, und die Sonne macht es noch schlimmer. Ich trage auch eine Krawatte. Am liebsten habe ich die auffällige blauweiße. Ein Blinder sollte niemals sein Erscheinungsbild vernachlässigen. Tut er das, so gibt es immer jemanden, der falsche Schlüsse daraus zieht. Ich kleide mich wie ein Juwelier, und was ich auf dem Markt verkaufe, sind *tamata*.

Tamata sind geeignete Verkaufsobjekte für einen Blinden, denn man kann sie durch Anfassen voneinander unterscheiden. Manche bestehen aus Blech, andere aus Silber und manche aus Gold. Alle sind sie so dünn wie Leinen, und jedes hat die Größe einer Kreditkarte. Das Wort *tama* kommt von dem Verb *tázo*, ein Gelübde ablegen. Dafür, daß sie ein Versprechen abgeben, erhoffen sich die Menschen Gnade oder Errettung. Junge Männer kaufen ein Tama in Form eines Schwertes, ehe sie ihren Militärdienst antreten, und es ist eine Art Wunsch: Möge ich unverletzt davonkommen.

Oder jemandem stößt etwas Schlimmes zu. Es kann eine Krankheit oder ein Unfall sein. Wer den Menschen, der in Gefahr ist, liebt, legt vor Gott das Gelübde ab, eine gute Tat zu vollbringen, wenn der Betreffende wieder gesund wird. Wenn du allein auf der Welt bist, kannst du das sogar für dich selbst tun.

Ehe meine Kunden zum Beten gehen, kaufen sie bei mir ein Tama und ziehen ein Band durch das Loch, dann binden sie es bei den Ikonen in der Kirche an die Altarschranke. Und so hoffen sie, daß Gott ihre Gebete nicht vergißt.

In das weiche Metall eines jeden Tama ist ein Emblem des bedrohten Körperteils eingestanzt. Ein Arm oder ein Bein, ein Magen oder ein Herz, Hände oder, wie in meinem Fall, ein Augenpaar. Einmal hatte ich ein Tama, in das ein Hund getrieben war, aber der Priester protestierte und behauptete, das sei ein Sakrileg. Er hat keine Ahnung, dieser Priester. Er hat sein ganzes Leben lang in Athen gelebt, deshalb weiß er nicht, daß in den Bergen ein Hund wichtiger, nützlicher sein kann als eine Hand. Er kann sich nicht vorstellen, daß der Verlust eines Mulis schwerer wiegt als ein Bein, das nicht heilt. Ich habe ihm den Evangelisten zitiert: Denk an die Raben: sie säen nicht noch ernten sie, sie haben weder Vorratskammer noch Scheune. Und doch ernährt sie Gott... Als ich das zu ihm sagte, zog er sich am Bart und kehrte mir den Rücken zu, als wäre ich der Teufel.

Was Männern und Frauen not tut, darüber haben Bouzouki-Spieler mehr zu erzählen als Priester.

Ich sage Ihnen nicht, was ich gemacht habe, ehe ich erblindet bin. Und wenn Sie dreimal raten dürften, es wäre immer falsch.

Die Geschichte beginnt letzte Ostern. Am Sonntag. Es war am Vormittag, und der Geruch von Kaffee lag in der Luft. Kaffeegeruch dringt weiter, wenn die Sonne da ist. Ein Mann fragte mich, ob ich etwas für eine Tochter hätte. Er sprach gebrochen Englisch.

Ein Baby? erkundigte ich mich.

Sie ist jetzt eine Frau.

Wo sitzt ihr Leiden? fragte ich.

Überall, sagte er.

Vielleicht wäre ein Herz das richtige? schlug ich

schließlich vor, wobei ich auf meinem Verkaufsbrett nach einem Tama tastete und es ihm hinhielt.

Ist es aus Blech? Seinem Akzent nach hielt ich ihn für einen Franzosen oder Italiener. Ich glaube, er war in meinem Alter, vielleicht ein wenig älter.

Ich habe eins in Gold, wenn Sie wünschen, sagte ich auf französisch.

Sie wird nicht wieder gesund, antwortete er.

Am wichtigsten ist der Schwur, den Sie tun. Das ist oft das einzige, was bleibt.

Ich bin Eisenbahner, sagte er, kein Voodoo-Anhänger. Geben Sie mir das billigste, das aus Blech.

Ich hörte seine Kleidung knarren, als er ein Portemonnaie aus der Tasche zog. Hose und Jacke waren aus Leder.

Gott macht keinen Unterschied zwischen Blech und Gold, oder?

Sie sind mit dem Motorrad hier?

Ja, mit meiner Tochter, für vier Tage. Gestern haben wir einen Ausflug gemacht, um uns den Poseidontempel anzuschauen.

Bei Sunion?

Sie haben ihn gesehen? Sie sind mal dort gewesen? Verzeihung.

Ich berührte mit dem Finger meine Blindenbrille und sagte: Ich habe den Tempel vorher gesehen.

Was kostet das Blechherz?

Anders als ein Grieche bezahlte er, ohne um den Preis zu feilschen.

Wie heißt sie?

Ninon.

Ninon?

NINON. Er buchstabierte den Namen.

Ich werde an sie denken, sagte ich und sortierte das Geld. Und während ich das sagte, hörte ich plötzlich eine Stimme. Seine Tochter mußte irgendwo auf dem Markt gewesen sein. Jetzt stand sie neben ihm.

Meine neuen Sandalen – schau! Handgemacht. Keiner würde denken, daß ich sie gerade erst gekauft habe. Ich könnte sie schon jahrelang getragen haben. Vielleicht habe ich sie zu meiner Hochzeit gekauft, der Hochzeit, die nicht stattfand.

Tut der Riemen zwischen den Zehen nicht weh? fragte der Eisenbahner.

Gino hätten sie gefallen, sagte sie. Von Sandalen versteht er etwas.

Es ist hübsch, wie sie um das Fußgelenk gebunden sind.

Sie schützen vor Glasscherben, sagte sie.

Zeig mal her. Ja, das Leder ist angenehm und weich.

Weißt du noch, Papa, als ich klein war und du mich nach dem Duschen abgetrocknet hast und ich eingehüllt in das Handtuch auf deinem Knie saß, und du hast mir immer erzählt, daß jeder kleine Zeh eine Elster sei, die dies und das und jenes gestohlen hat und dann weggeflogen ist...

Sie sprach in einem kühlen knappen Rhythmus. Keine Silbe verschluckt oder unnötig verlängert.

Stimmen, Klänge, Gerüche bringen meinen Augen jetzt Geschenke. Ich lausche oder ich atme ein, und dann kommen Bilder, wie in einem Traum. Während ich auf ihre Stimme hörte, sah ich Melonenstücke, die sorgfältig auf einer Platte angeordnet waren, und ich wußte, daß ich Ninons Stimme sofort wiedererkennen würde, sollte ich sie noch einmal hören.

Mehrere Wochen vergingen. Französische Laute in der Menschenmenge, der Verkauf eines weiteren Tama mit einem Herzen darauf, das Reifenquietschen eines Motorrades beim Start an einer Ampel – von Zeit zu Zeit erinnerten mich solche Dinge an den Eisenbahner und seine Tochter Ninon. Die beiden sind hier vorbeigekommen, doch nicht geblieben. Eines Nachts dann, es war Anfang Juni, änderte sich etwas.

Abends gehe ich von der Plaka nach Hause. Blindheit bewirkt unter anderem, daß man ein unheimliches Zeitgefühl entwickelt. Uhren sind nutzlos – obwohl ich manchmal welche verkaufe –, ich weiß auf die Minute genau, wie spät es ist. Auf meinem Weg nach Hause komme ich regelmäßig an zehn Leuten vorüber, zu denen ich ein paar Worte sage. Sie werden durch mich an die Uhrzeit erinnert. Seit einem Jahr gehört Kostas zu diesen zehn – doch er und ich, das ist eine andere Geschichte, die zu erzählen bleibt.

Auf den Bücherregalen in meinem Zimmer bewahre ich die Tamata auf, meine vielen Schuhe, ein Tablett mit Gläsern und einer Karaffe, meine Marmorbrocken, ein

türk/griech. Saiteninstrument

paar Korallenstücke, ein paar Muschelschalen, auf dem obersten Brett mein *baglama* – ich nehme es nur selten herunter – ein Gefäß mit Pistazien, einige gerahmte Photos – ja – und meine Topfpflanzen: Hibiskus, Begonien, Asphodill, Rosen. Ich berühre sie jeden Abend, um zu sehen, wie es ihnen geht und wie viele neue Blüten herausgekommen sind.

Nachdem ich etwas getrunken und mich gewaschen habe, nehme ich gern die Bahn nach Piräus. Ich gehe am Kai entlang, wobei ich, um mich zu informieren, beiläufig frage, welche großen Schiffe angelegt haben und welche in dieser Nacht noch in See stechen, und dann verbringe ich den Abend bei meinem Freund Yanni. Neuerdings hat er eine kleine Bar.

Gesehenes ist allgegenwärtig. Deshalb werden die Augen müde. Doch Stimmen – wie alles, was mit Worten zu tun hat –, sie kommen von weit her. Ich stehe an Yannis Theke und höre den alten Männern zu.

Yanni hat das Alter meines Vaters. Er war ein *rembetis*, ein Bouzouki-Spieler, nach dem Krieg mit einer beträchtlichen Zuhörerschaft, und er hat mit dem großen Markos Vamvakarious gespielt. Heutzutage holt er seine sechssaitige Bouzouki nur hervor, wenn alte Freunde ihn darum bitten. Sie bitten fast jeden Abend darum, und er hat nichts vergessen. Während er spielt, sitzt er auf einem Stuhl mit Rohrgeflecht, eine Zigarette zwischen Ringfinger und kleinem Finger der linken Hand, mit der er zugleich die Saiten greift. Wenn er spielt, dann kann es vorkommen, daß ich tanze.

Wenn du zu einem *Rembetiko*-Lied tanzt, dann trittst du in den Kreis der Musik, und der Rhythmus ist wie ein

runder Käfig mit Stäben, und dort tanzt du vor dem
Mann oder der Frau, die einst das Lied gelebt haben. Du
tanzt einen Tribut an ihr Leid, das von der Musik be-
schworen wird.

> *Treib den Tod aus dem Hof,*
> *Dann treff' ich ihn nicht.*
> *Und die Uhr an der Wand*
> *Führt den Grabgesang an.*

Abend für Abend Rembetika hören, das ist, als würde
man tätowiert.

*

Ach, mein Freund, sagte Yanni an jenem Juniabend zu
mir, nachdem wir zwei Glas Raki getrunken hatten, warum lebst du nicht mit ihm zusammen?

Er ist nicht blind, sagte ich.

Du wiederholst dich, sagte er.

Ich verließ die Bar, um mir Souvlaki zu kaufen, das
ich an der Straßenecke aß. Wie so oft bat ich danach
Vassili, den Enkel, mir einen Stuhl hinauszutragen, und
ließ mich ein gutes Stück weiter die enge Straße hinab
auf dem Gehsteig nieder, gegenüber von ein paar Bäumen, wo die Mulden der Stille tiefer sind. In meinem
Rücken war eine blinde Mauer, die nach Westen ging,
und ich spürte die Wärme, die sie während des Tages
gespeichert hatte.

Aus der Ferne hörte ich Yanni einen Rembetiko spielen, von dem er wußte, daß ich ihn ganz besonders
mochte.

Deine Augen, kleine Schwester,
Sprengen mir das Herz.

Aus irgendeinem Grund kehrte ich nicht in die Bar zurück. Ich saß auf dem Stuhl mit dem Rohrgeflecht, den Rücken zur Wand und meinen Stock zwischen den Beinen, und ich wartete, wie man wartet, ehe man sich langsam erhebt, um zu tanzen. Der Rembetiko ging zu Ende, und ich glaube, es hat keiner dazu getanzt.

Ich saß da. Ich hörte, wie die Kräne luden, sie laden die ganze Nacht. Dann sprach eine ganz stille Stimme, und ich erkannte sie als die des Eisenbahners.

Federico, sagt er, come stai? Es ist gut, dich zu hören, Federico. Ja, ich fahre morgen früh los, in ein paar Stunden, und Dienstag bin ich bei euch. Vergiß nicht, Federico, den ganzen Champagner bezahle ich, ich bezahle ihn, bestell also drei, vier Kisten! Was immer du meinst. Ninon ist meine einzige Tochter. Und sie heiratet. Sì. Certo.

Der Eisenbahner spricht Italienisch in ein Telephon, und er steht in der Küche seines Dreizimmerhauses in Modane, einer Stadt auf der französischen Seite der Alpen. Er ist zweiter Stellwerksmeister, und der Name auf seinem Briefkasten lautet <u>Jean Ferrero</u>. Seine Eltern waren Auswanderer, sie kamen aus der Reisstadt Vercelli in Italien.

Die Küche ist nicht groß und erscheint noch kleiner durch ein großes aufgebocktes Motorrad hinter der Eingangstür, die auf die Straße hinausgeht. Die Art, wie die Töpfe auf dem Herd stehengeblieben sind, weist darauf hin, daß hier ein Mann kocht. In seinem Zimmer, wie in dem meinen in Athen, gibt es keine Spur von einem weiblichen Element. Ein Zimmer, in dem ein Mann ohne eine Frau lebt, und Mann und Zimmer sind es gewöhnt.

Der Eisenbahner hängt das Telephon ein, geht hinüber zum Küchentisch, auf dem eine Landkarte ausgebreitet ist, und notiert sich eine Liste von Straßennummern und Orten: Pinerolo, Lombriasco, Torino, Casale Monferrato, Pavia, Casalmaggiore, Borgoforte, Ferrara. Mit Klebestreifen befestigt er die Liste neben dem Drehzahlmesser des Motorrades. Er überprüft die Bremsflüssigkeit, das Kühlwasser, das Öl, den Reifendruck. Er befühlt mit dem linken Zeigefinger die Kette, um zu prüfen, ob sie straff genug ist. Er schaltet die Zündung ein. Rote Lämpchen leuchten auf. Er untersucht die beiden Scheinwerfer. Seine Handgriffe sind methodisch, sorgfältig und – vor allem – sanft, als wäre das Motorrad lebendig.

Vor sechsundzwanzig Jahren lebte Jean in diesem selben Dreizimmerhaus zusammen mit seiner Frau, die Nicole hieß. Eines Tages verließ ihn Nicole. Sie sagte, sie hätte genug davon, daß er bei Nacht arbeite und jede andere Minute für die C. G.T. opfere, und im Bett Pamphlete lese – sie wolle leben. Dann schlug sie die Eingangstür hinter sich zu und kehrte niemals mehr nach Modane zurück. Sie hatten keine Kinder.

Auf der Bahnfahrt zurück nach Athen in derselben Nacht hörte ich Klaviermusik, die in einer anderen Stadt gespielt wurde.

Ein geräumiges Treppenhaus, das weder Teppich noch Tapeten hat, wohl aber ein poliertes Holzgeländer. Die Musik kommt aus einer Wohnung im fünften Stock. Der Aufzug funktioniert hier selten. Es kann weder eine Schallplatte noch eine CD sein, es ist eine gewöhnliche Kassette. Ein leichter Staub dämpft alle Klänge. Ein Nocturne für Klavier.

In der Wohnung sitzt eine Frau auf einem Stuhl mit steiler Lehne vor einem hohen Fenster, das auf einen Balkon hinausgeht. Sie hat soeben die Vorhänge geöffnet und blickt über die nächtlichen Dächer einer Stadt. Ihr Haar ist zu einem Knoten geschlungen, und ihre Augen sind müde. Sie hat den ganzen Tag an detaillierten Bauzeichnungen für eine Tiefgarage gearbeitet. Sie seufzt und reibt sich die schmerzenden Finger der linken Hand. Ihr Name ist Zdena.

Vor fünfundzwanzig Jahren war sie Studentin in Prag. Sie versuchte, mit den russischen Soldaten zu diskutieren, die in Panzern der Roten Armee am Abend des 20. August 1968 in die Stadt eindrangen. Im Jahr darauf, am Jahrestag der Nacht der Panzer, schloß sie sich einer Menschenmenge auf dem Wenzelsplatz an. Tausend Menschen wurden von der Polizei abtransportiert, und fünf wurden getötet. Ein paar Monate später wurden mehrere gute Freunde verhaftet, und am Weihnachtstag 1969 schaffte es Zdena, über die Grenze nach Wien zu gelangen, und von dort fuhr sie nach Paris.

Bei einer Abendveranstaltung, die man in Grenoble für tschechische Flüchtlinge gab, lernte sie Jean Ferrero kennen. Er fiel ihr auf, sowie er den Raum betrat, denn er glich einem Schauspieler, den sie einmal in einem tschechischen Film über Eisenbahner gesehen hatte. Als sie später herausfand, daß er wirklich für die Eisenbahn arbeitete, hatte sie das sichere Gefühl, daß er ihr als Freund vorbestimmt war. Er fragte sie, wie man auf tschechisch sagt: Böhmen ist meine Heimat. Und das brachte sie zum Lachen. Sie wurden ein Liebespaar.

Wann immer der Eisenbahner in Modane zwei Tage frei hatte, fuhr er nach Grenoble, um Zdena zu sehen. Die beiden machten zusammen Ausflüge auf seinem Motorrad. Er brachte sie ans Mittelmeer, das sie noch nie gesehen hatte. Als Salvador Allende in Chile die Wahlen gewann, sprachen sie davon, nach Santiago zu gehen und dort zu leben.

Im November dann verkündete Zdena, daß sie schwanger sei. Jean überredete Zdena, das Kind zu behalten. Ich werde mich um euch beide kümmern, sagte er. Komm und lebe in meinem Haus in Modane, es hat drei Zimmer, eine Küche, ein Schlafzimmer für uns und ein Schlafzimmer für ihn oder sie. Ich glaube, unser Baby ist ein Mädchen, sagte sie, auf einmal betört.

Auf dem Bahnsteig in Athen bot mir jemand an, mich zu begleiten. Ich tat, als wäre ich ebenso taub wie blind.

Als Ninon, ihre Tochter, sechs Jahre alt war, hörte Zdena eines Abends im Radio, daß hundert tschechische Bürger in Prag eine Petition unterzeichnet hatten, in der sie die Menschen- und Bürgerrechte einforderten. War das, so fragte sie sich, der Wendepunkt? Acht Jahre war sie fort gewesen. Sie mußte mehr wissen.

Du fährst, sagte Jean, auf dem Küchentisch sitzend, wir kommen schon zurecht, Ninon und ich. Laß dir Zeit, vielleicht kannst du sogar dein Visum verlängern lassen. Komm zu Weihnachten wieder, und wir werden alle zusammen nach Maurienne hinunterrodeln! Nein, sei nicht traurig, Zdena. Es ist deine Pflicht, Genossin, und du wirst glücklich wiederkommen. Wir kommen zurecht.

Während Zdena in dem Zimmer im fünften Stock immer noch das Nocturne hört, schließt sie die Vorhänge und geht zu einem Wandspiegel neben einem blau und weiß gekachelten Ofen. Sie blickt in den Spiegel. Was geschah wirklich an jenem Abend vor siebzehn Jahren, als sie Jean nach dem Visum fragte? Waren sie sich einig gewesen, wie Besessene, wie Wahnsinnige, daß sie drei niemals mehr denselben Ort als Zuhause betrachten würden?

Wie entscheiden wir Dinge?

In der unteren Ecke des Spiegels steckt eine Busfahrkarte: Bratislava–Venedig. Sie befühlt die Fahrkarte mit der linken Hand, deren Finger schmerzen.

Über den Sattel des Motorrades ist eine Decke ge-
breitet. Auf der Decke schlafen drei Katzen.

Jean Ferrero kommt die Treppe herab in die Küche, er
trägt Stiefel und sein schwarzes Lederzeug. Er öffnet
eine Klappe unten an der Hintertür und klatscht in die
Hände, und eine nach der anderen springen die Katzen
vom Motorrad und schlüpfen hinaus in den Garten. Er
hat die Klappe vor fünfzehn Jahren angebracht, als
Ninon einen Welpen hatte, den sie Majestic nannte.

Dann hörte ich die Stimme, die mich an die Melonenstücke erinnert hatte. Dieselbe Stimme, die jetzt aller-
dings einem Mädchen von acht oder neun Jahren
gehört. Sie sagt: Majestic steckt unter meiner Jacke, während ich an unserem Bahnhof vorbeigehe. Einundsech-
zig Züge kommen alle vierundzwanzig Stunden durch
unseren Bahnhof. Alles, was als Fracht nach Italien geschickt wird, geht durch unseren Tunnel. Ich trage ihn
unter meiner Jacke, und er legt das Kinn auf den obersten Knopf, und seine Ohren schlappen gegen die

Kragenaufschläge. Wenn ich die Schnecken, die Würmer, die Raupen, die Kaulquappen, die Marienkäfer und den Panzerkrebs nicht zähle, dann ist er mein erstes Haustier. Ich nenne ihn Majestic, weil er so klein ist.

Jean öffnet die Tür zur Straße, setzt sich mit gespreizten Beinen auf das Motorrad und schiebt mit den Füßen an. Sobald das Hinterrad über die Schwelle hinweg ist, rollt das Motorrad von selbst auf die Straße. Er blickt zum Himmel hinauf. Keine Sterne. Schwärze, eine sichtbare Schwärze.

Ich gehe mit Majestic in meiner Jacke am Bahnhof vorbei, und alle bleiben stehen und deuten mit dem Finger und lächeln. Die uns kennen und die uns nicht kennen. Er ist ein neues Geschöpf. Monsieur le Curé fragt mich nach seinem Namen, als würde er eine Taufe vorbereiten! Majestic! antworte ich.

Der Eisenbahner geht sein Haus abschließen. Er dreht den Schlüssel in der Tür, als wäre das Drehen selbst schon eine Versicherung, daß er nächste Woche wieder da ist. Die Art, wie er mit seinen Händen Dinge tut, flößt Vertrauen ein. Er ist einer jener Männer, der Handbewegungen mehr traut als Worten. Er streift die Handschuhe über, läßt den Motor an, schaut auf die Tankanzeige, schaltet in den ersten Gang, läßt die Kupplung kommen und gleitet davon.

Die Ampel am Bahnhof steht auf Rot. Jean Ferrero wartet darauf, daß sie umspringt. Es gibt sonst keinen Verkehr. Er könnte ohne Risiko hinüberhuschen. Doch er hat sein Leben lang auf Signale geachtet, und er wartet.

Als Majestic sieben Jahre alt war, wurde er von einem Lastwagen überfahren. Vom ersten Tag an, als ich ihn holte und er sein Kinn auf den obersten Knopf legte und ich ihn mit den Worten Majestic, mein Majestic, unter meiner Jacke nach Hause trug, war er ein Geheimnis.

Die Ampel wird grün, und während Mann und Motorrad beschleunigen, läßt Jean den gestiefelten rechten Fuß nachschleifen, wobei er mit der Zehe des linken in den zweiten Gang schaltet, und als er bei den Telephonzellen ist, schaltet er hinauf in den dritten.

Ich habe es gestern gesehen, es hing in einem Schaufenster neben dem Hôtel du Commerce, das Kleid, das meinen Namen trägt, NINON! Ganz aus schwarzer Chinaseide mit weißen Streublumen. Genau die richtige Länge, drei Finger über dem Knie. V-Ausschnitt mit langem Revers, geschnitten, nicht genäht. Ganz durchgeknöpft. Gegen das Licht ist es ein wenig durchsichtig, aber nicht genug, als daß es auffiele. Seide ist immer kühl. Wenn ich es auf und ab gleiten lasse, leckt mein

Schenkel daran wie an einem Eis. Ich werde einen Silbergürtel finden, einen breiten silbernen Gürtel, der dazu paßt.

Das Motorrad mit seinem Scheinwerfer schraubt sich in Serpentinen den Berg hinauf. Von Zeit zu Zeit verschwindet es hinter Böschungen und Felsen, steigt unablässig höher und wird immer kleiner. Jetzt flackert sein Licht wie die Flamme einer kleinen Votivkerze vor einer ungeheuren Steinwand.

Für ihn ist es anders. Er gräbt sich durch die Dunkelheit wie ein Maulwurf durch die Erde, der Strahl des Scheinwerfers bohrt den Tunnel, und der Tunnel macht Kurven, wo die Straße sich windet, um Felsbrocken auszuweichen und anzusteigen. Wenn er den Kopf wendet, um zurückzublicken – wie er es gerade getan hat –, gibt es hinter ihm nichts als sein Rücklicht und eine ungeheure Dunkelheit. Er umklammert den Benzintank mit den Knien. Jede Biegung, die Mann und Maschine nehmen, empfängt die beiden und reißt sie hoch. Sie gehen langsam hinein und kommen schnell wieder heraus. Beim Hineingehen legen sie sich, so flach es geht, in die Kurve, warten, daß sie ihnen die nötige Schräge gibt, und schießen davon.

Indessen wird die Gegend, durch die sie sich emporarbeiten, immer öder. In der Dunkelheit ist die Öde unsichtbar, doch der Eisenbahner spürt sie in der Luft und in den Geräuschen. Er hat sein Helmvisier wieder geöffnet. Die Luft ist dünn, eisig, feucht. Der Lärm der Maschine, der von den Felsen zurückgeworfen wird, ist gezackt.

Während des ersten Jahres meiner Blindheit war der schlimmste wiederkehrende Moment das morgendliche Erwachen. Beim Fehlen des Lichts auf der Grenze zwischen Schlaf und Wachsein wollte ich oft schreien. Langsam habe ich mich daran gewöhnt. Wenn ich jetzt aufwache, berühre ich als erstes etwas. Meinen eigenen Körper, das Leintuch, die Blätter, die in das Holz des Kopfendes von meinem Bett geschnitzt sind.

Als ich am nächsten Tag in meinem Zimmer erwachte, berührte ich den Stuhl mit meinen Kleidern darauf, und wieder hörte ich Ninons Stimme so deutlich, als wäre sie von der Straße aus eine Leiter heraufgeklettert und säße nun auf dem Fensterbrett. Kein Kind mehr, noch nicht ganz Frau.

Heute – der erste Flug meines Lebens. Ich fand es herrlich über den Wolken. Wo es nichts gibt, auf dem man stehen könnte, spürte ich Gott überall. Papa hat mich mit dem Motorrad zum Flughafen von Lyon gebracht. Erster Hüpfer über die Alpen nach Wien. Zweiter Hüpfer nach Bratislava. Und hier bin ich nun, in der Stadt, deren Namen ich nur als Poststempel oder als Teil ihrer Adresse kannte. Die Donau ist schön, und die Gebäude am Ufer auch. Maman war am Flughafen. Sie sah hübscher aus, als ich dachte. Und ich hatte vergessen, wie schön ihre Stimme ist. Ich bin sicher, daß sich Männer in ihre Stimme verlieben. Sie trug ihren Ehering. Die Wohnung im fünften Stock hat hohe Decken, hohe Fenster und Möbel mit dünnen Füßen. Eine Wohnung, die für lange Gespräche geschaffen ist. Alle Schubladen sind voller Papiere. Ich hab vielleicht geschaut! Um in mein Zimmer zu kommen, gehe ich hinaus auf den Treppenabsatz und öffne mit einem Schlüssel eine andere Eingangstür. Ich glaube, dieses Zimmer hat einmal zu einer anderen Wohnung gehört. Maman sagt etwas von einer »schändlichen Spitzelgeschichte«, und ich weiß nicht recht, was sie meint. Mein Zimmer gefällt mir. Es gibt einen großen Baum vor dem Fenster. Was für ein Baum? Das solltest du wissen, sagt sie mit ihrer schönen Stimme, es ist eine Akazie. Das beste ist, daß es einen Recorder gibt, so daß ich meine Kassetten spielen kann.

Drei Tage ohne eine Tagebucheintragung. Ich genieße es offenbar sehr.

Haben eine lange Wanderung im Wald gemacht und Pilze gesucht. Ich habe ein paar *éperviers* gefunden. Maman wußte gar nichts von Eperviers – sie dachte, das wären nur Vögel! –, also habe ich gesagt, ich werde sie für uns zubereiten. Wenn man nicht weiß wie, können sie sehr bitter schmecken. Wir haben sie in einem Omelett gegessen.

Sie stellt die ganze Zeit Fragen. Was ich nach meinem

Bac machen werde. Ob ich viele Freunde habe. Was ich studieren will. Wie es mit Fremdsprachen wäre. Was ich davon hielte, Russisch zu lernen. Am Ende sage ich zu ihr, ich würde gern Akrobatin werden. Sofort antwortet sie: Es gibt eine sehr gute Schule für Zirkusartisten in Prag, ich werde mich erkundigen. Ich küsse sie, weil sie nicht merkt, daß ich einen Scherz gemacht habe.

Am Sonntag Mittagessen in einem Restaurant an der Donau. Vorher sind wir schwimmen gegangen. Sie hat mir gestern ein Kostüm gekauft. Schwarz. Ziemlich sexy. Sie hat mir erzählt, daß sie vor ein paar Jahren nachts die Donau durchschwommen hat – das ist verboten –, um zu beweisen, daß sie noch jung sei! Ganz allein? Nein, hat sie geantwortet, doch mehr hat sie nicht gesagt. Ihr Kostüm ist schwarz und gelb, wie eine Biene.

Der Papst besucht Polen, und beim Mittagessen spricht Maman die ganze Zeit darüber, was dort geschieht. Lech Wałęsa hält sich versteckt, und seine Gewerkschaft ist verboten worden. *Solidarność*, wie Papa sie nennt. Der alte General, so sagt Maman, der, dessen Name mit einem J anfängt, hat immer weniger die Wahl, er wird mit Wałęsa verhandeln müssen, auch wenn er nicht will. Die alte Garde ist erledigt, flüstert sie. Wir essen beide ein zweites Eis. Die Breschnews und Husáks können sich nicht halten, sie werden abtreten, beiseitegefegt. Weißt du, wie die Leute auf der Straße unseren Präsidenten nennen? – sie beugt sich ganz nahe an mein Ohr – sie nennen ihn den Vergessenheitspräsidenten!

Maman hat zwei Töchter! Das habe ich jetzt mitbekommen. Ich habe eine Schwester. Maman liebt uns beide. Meine Schwester heißt Soziale Gerechtigkeit. Kurz, Sozia. Sie schreibt ein Buch, die Maman. Es heißt »Wörterbuch politischer Begriffe und ihres Gebrauches, von 1947 bis heute«. Die ersten Stichwörter sind Abstimmungsenthaltung, Agent provocateur, Aktivist ... Wenn sie diese Wörter sagt, klingen sie wie Koseworte. Sie hat einen Geliebten, glaube ich. Ein Mann mit Namen Anton ruft an, und sie spricht mit ihm – ich verstehe nichts, außer wenn sie meinen Namen sagt –, sie spricht zu ihm mit einer Stimme wie eine Katzenzunge, winzig und warm und rauh. Ich habe sie gefragt, und sie sagte, Anton will uns mit aufs Land nehmen. Wir werden sehen. Ihr Buch handelt durchweg von meiner Schwester. Sie ist schlichter als ich. Aber würdiger. Sie sind immerhin bis zum Buchstaben I gekommen. Idealismus, Ideologie. Bald wird sie beim K sein. Wir trinken Kaffee im Restaurant, als ein Orchester hereinmarschiert, die Instrumente stimmt und zu spielen anfängt. Tschaikowski! zischt Maman. Eine Schande! Für Tschechen ist es eine Schande! Wir haben unsere eigenen Komponisten. Ich frage sie, ob sie die Doors kennt. Sie schüttelt den Kopf. Jim Morrison vielleicht? Nein, erzähl mir von ihm, du mußt mir erzählen. Ich rezitiere in meinem schlechten Englisch:

Strange days have found us,
Strange days have tracked us down.
They're going to destroy
Our casual joys.
We shall go on playing
Or find a new town ...

Sag es mir noch einmal, langsam, bittet Maman. Mache ich. Und sie sitzt da und schaut mich schweigend an. Dann sagt sie etwas, was ich sofort in mein Tagebuch schreiben wollte. Ihr alle, sagt sie, ihr werdet niemals die Zukunft haben, für die wir alles geopfert haben! Ich habe mich ihr in dem Moment so nahe gefühlt, näher, als meine Schwester es je ist. Danach, in der Straßenbahn, haben wir ein bißchen geweint, eine an der Schulter der anderen, und sie hat mein Ohr berührt, es befühlt – wie die Jungs in der Schule es immer versuchen.

Das Tosen eines Wasserfalls. Jean, der Eisenbahner, hat sein Motorrad auf der Bergstraße stehenlassen, die beiden Scheinwerfer sind noch an, und er sucht sich seinen Weg über ein Geröllfeld. Der Wasserfall ist hinter ihm. Auf dem Geröllfeld liegen viele Felsbrocken, manche so klein wie er, andere viel größer, die von den Gipfeln herabgefallen sind. Vielleicht gestern, vielleicht vor hundert Jahren. Alles ist Stein, und alles spricht von einer Zeit, die nicht die unsere ist, einer Zeit, die an die Ewigkeit heranreicht, aber nicht mehr in sie zurück kann. Vielleicht hat Jean Ferrero deshalb seine Scheinwerfer angelassen. Die Felszacken und Berge um das Geröllfeld werden von bleichem Licht erhellt, die Sterne verblassen. Im Osten, der Richtung, in die er geht, hat der Himmel die Farbe eines Verbandes über einer blutenden Wunde. Er scheint vollkommen allein in der ungeheuren Weite, die ihn umgibt, doch das ist für mich vielleicht augenfälliger als für ihn.

Ein Berg ist ebensowenig beschreibbar wie ein Mensch, und deshalb geben die Menschen den Bergen Namen: Ovarda. Civriari. Orsiera. Ciamarella. Viso. Die

Berge sind jeden Tag an derselben Stelle. Oftmals verschwinden sie. Manchmal scheinen sie nah, manchmal fern. Doch sie sind immer an derselben Stelle. Ihre Ehegatten sind Wasser und Wind. Auf einem anderen Planeten sind die Ehegatten von Bergen vielleicht nur Helium und Hitze.

Er bleibt stehen und hockt sich vor einen Felsbrokken, dessen Südseite von Flechten bedeckt ist. Die südlichen Winde aus der Sahara bringen den Regen hierher. Sie sammeln Wolken von Wasserdampf, wenn sie das Mittelmeer überqueren, und diese kondensieren zu Regen, sobald sie die kalten Berge berühren.

Während er in der Hocke sitzt, blickt er in eine Wasserlache unterhalb des Felsbrockens. Die Lache hat die Größe einer Waschschüssel. Das Rinnsal kommt unter dem Fels hervor, fließt dort hinein, und auf der Seite, wo er hockt, nimmt eine Ablaufrinne das etwa zwei Finger breite Bächlein auf. In der Tiefe der Wasserlache ist die winzige Strömung ebenso beständig wie das Tosen des Wasserfalls, und er betrachtet sie unverwandt. Ihre feinen Wellen gleichen denen von Haar, und ihre Kräuselung ist das einzig Sanfte, Ungebrochene, das sich hier unter den gezackten Bergen bei Tagesanbruch vorstellen läßt. Er wechselt die Position und kniet sich hin, den Kopf gebeugt. Unvermittelt streckt er eine Hand in das Becken und spritzt sich eisiges Wasser über das Gesicht. Der Schock der Kälte läßt seine Tränen versiegen.

Wenn ich mit Papa den Zug nehme, spricht er über Eisenbahnen. Wenn ich allein bin, sehe ich Soldaten. Ich

weiß, warum. Ich sehe sie, seit der Geschichtslehrer uns
von dem Unfall erzählt hat, der sich 1917 ereignete.
Wenn der Zug leer ist, wie heute morgen, sind sie da. Der
Kontrolleur kam gerade herein und sagte: Ah, Fräulein
Ninon, dieses Jahr machen Sie also Ihr Bac! Jetzt ist er
wieder fort, und alles, was ich in diesem beschissenen
Zug sehe, sind Soldaten.

Keine Offiziere, einfache Soldaten. Junge Männer
wie die, mit denen ich im Café Tout Va Bien spreche.
Der Zug ist gerammelt voll mit Soldaten, mit ihren Ge-
wehren und ihrer Marschverpflegung. Ein langer Zug,
voll mit Soldaten, kann die Geschichte verändern, sagt
Papa.

Meine Soldaten sind glücklich, es ist schon bald Weihnachten, der 12. Dezember, sie haben die Front hinter
sich gelassen und fahren nach Hause. Sie kamen durch
unseren Tunnel. Sie warteten lange in Modane. *Warum
warten wir?* fingen sie an zu singen. Der Lokomotivführer
wollte bei dem Eis auf der Strecke den Zug nicht mit
einer einzigen Lokomotive nach Maurienne hinunter-
fahren. Doch der diensthabende Offizier gab ihm den
Befehl dazu.

Die Waggons rollen in die Ebene hinab, voller Soldaten auf Heimaturlaub, und ich bin bei ihnen. Ich gäbe
viel darum, es nicht zu sein. Ich kenne die Tragödie
auswendig, doch ich kann diese Strecke nicht fahren,
ohne sie zu sehen. Jedesmal, wenn ich den Zug nehme,
fahre ich mit den Soldaten hinunter.

Aus dem Fenster sehe ich das andere Gleis, den Fluß
und die Straße. Unser Tal ist so eng, daß die drei Seite an
Seite verlaufen müssen. Einzig die Position können sie

wechseln. Die Straße kann eine Brücke über die Eisenbahn nehmen. Der Fluß kann unter der Straße hin-
durchführen. Die Eisenbahn kann über beide hinweg-
gehen. Immer die Eisenbahn, der Fluß und die Straße
und für mich im Zug die Soldaten.

Sie lassen vor mir ihre Weinflasche herumgehen. Der
Zug ist nicht erleuchtet, doch jemand hat eine Sturmlaterne bei sich. Einer von ihnen schließt die Augen,
während er singt. Am Fenster sitzt ein Akkordeonspie-
ler. Die Lokomotive beginnt zu pfeifen, so schrill und
hoch wie eine Kreissäge, die in Holz schneidet. Niemand hört auf zu singen. Keiner zweifelt einen Moment
lang daran, daß sie nach Hause fahren, um ihre Frauen
zu ficken und ihre Kinder zu sehen. Keiner hat vor
irgend etwas Angst.

Jetzt fährt der Zug zu schnell, Funken fliegen von den
Rädern in die Nacht, und der Waggon schwankt gefährlich von einer Seite zur anderen. Sie hören auf zu singen.
Sie sehen einander an. Dann senken sie die Köpfe. Ein
Mann mit rotem Haar sagt mit zusammengebissenen
Zähnen: Wir müssen abspringen! Seine Freunde halten
ihn von der Tür zurück. Wenn ihr nicht sterben wollt,
springt. Der Mann mit dem roten Haar macht sich los,
reißt die Tür auf und springt. In den Tod.

Die Räder der Eisenbahnwaggons haben einen sehr
geringen Abstand voneinander, geringer, als man an-
nehmen würde. Sie sitzen unmittelbar unter dem Wa-
gen, und so läßt das Gewicht der Männer, die hin- und
hergeschleudert werden, den Waggon immer heftiger
schlingern. In der Mitte aufstellen, brüllt ein Korporal.
Verdammt noch mal, in der Mitte bleiben! Die Soldaten

versuchen es. Sie versuchen, sich von den Fenstern und Türen fernzuhalten, und sie legen die Arme umeinander, während sie in der Mitte des Zuges stehen, als dieser auf die Biegung bei der Papierfabrik zudonnert.

Für eine Eisenbahn ist die Kurve mit der hohen Backsteinböschung bei der Papierfabrik recht scharf. Von der Straße aus habe ich sie mir oft angeschaut. Heute gibt es keinen Hinweis mehr auf das Unglück, doch die Backsteine erinnern mich an Blut.

Die ersten entkoppelten Waggons entgleisen und rasen in die Mauer. Die nächsten Waggons schieben sich in die ersten. Die letzten stürzen obendrauf, Räder knirschen auf Dächern und Schädeln. Eine Sturmlaterne läuft aus, und das Holz und die Seesäcke und die Holzsitze der Waggons fangen Feuer. Bei dem Unglück in jener Nacht sterben achthundert Menschen. Fünfzig überleben. Ich sterbe natürlich nicht.

Ich war bei dem Gedächtnisgottesdienst, der sechzig Jahre später in Maurienne für sie abgehalten wurde. Ich ging mit der Witwe Bosson hin, die Kleider für mich genäht hat, als ich klein war. Ein paar der alten Überlebenden des Unglücks kamen aus Paris. Sie standen dicht beieinander, wie es ihnen der Korporal im Zug befohlen hatte. Die Witwe Bosson und ich hielten nach einem Mann mit einem Bein Ausschau. Und da war er! Die Witwe Bosson drückte mir die Hand, ließ mich stehen und bahnte sich einen Weg zu ihm. Ich wußte, was sie vorhatte, sie hatte es mir gesagt. Sie wollte ihn fragen, ob er je geheiratet habe. Und wenn ja, ob er jetzt Witwer sei. Ich war der Meinung, das sollte sie nicht tun. Das hatte ich ihr auch gesagt. Aber ich war nur ein Kind, und ihrer

Meinung nach hatte ich noch nicht erfahren, wie schwer das Leben sein kann.

Die Witwe Bosson war in der Nacht des Unglücks fünfzehn Jahre alt. Die ganze Stadt St.-Jean-de-Maurienne war von dem Getöse erwacht, und Hunderte von Menschen eilten, von den Flammen geleitet, zum Unglücksort. Es gab wenig, was sie tun konnten. Einige Soldaten, die noch am Leben waren, lagen eingeklemmt unter den eisernen Trümmern, im Feuer gefangen. Ein Soldat flehte die Umstehenden an, sein Gewehr zu nehmen und ihn zu erschießen! Ein anderer erblickte die Fünfzehnjährige, die einmal Madame Bosson werden sollte. Engel, bettelte er, hol eine Axt, rasch! Sie lief nach Hause, fand eine und kam damit zurückgelaufen. Jetzt hack mir das Bein ab! befahl er ihr. Die Hitze der Flammen war infernalisch. Jemand tat es. Sechzig Jahre später hatte die Witwe Bosson die vage Hoffnung, den einbeinigen Mann zu heiraten, dessen Leben sie in jener Nacht gerettet hatte.

Der Weg vom Bahnhof in St.-Jean-de-Maurienne zum Lycée dauert ein paar Minuten. Ich lasse mir Zeit, und im Gehen sage ich mir: Ich will dieses mörderische Scheißtal verlassen, ich will die Welt sehen!

Blindheit ist wie das Kino, weil dessen Augen nicht zu beiden Seiten einer Nase sitzen, sondern immer da, wo es die Geschichte verlangt.

An einer Ecke, wo die Nr. 11 hält, lächelt die Fahrerin der ersten Straßenbahn des Tages bei dem Geruch von frischgebackenem Brot, den sie einatmet, weil sie die Windschutzscheibe der Straßenbahn mit einem ihrer Schuhe aufgestemmt hat. Fünf Stockwerke höher riecht Zdena dasselbe Brot. Das Fenster ihres Zimmers steht offen. Lang und schmal, so schmal, daß ein der Länge nach aufgestelltes Einzelbett kaum genug Platz läßt, um zwischen Bett und Wand entlangzugehen, ist das Zimmer wie ein langer Korridor, der zu dem Fenster führt, das auf eine Akazie hinausgeht und auf die Straßenbahngleise hinabschaut.

Seit dem Besuch ihrer Tochter nennt Zdena diesen Korridor Ninons Zimmer. Von Zeit zu Zeit kommt sie hierher, um nach einem Buch zu suchen. Während sie nach einem sucht, nimmt sie ein anderes zur Hand. Ein Buch von einem Dichter, der einmal ihr Geliebter war. Oder die Briefe von Marina Zwetajewa. Dann setzt sie

sich in einen Sessel, um zu Ende zu lesen, was sie angefangen hat. Und wenn das geschieht, wenn sie eine
Stunde oder länger in dem Korridorzimmer bleibt, dann
ist es, als sähe sie immer noch Ninons Morgenmantel an
dem Haken an der Tür hängen.

Zdena hat vor ein paar Tagen damit angefangen, in
dem schmalen Bett in diesem Zimmer zu schlafen, in
der Hoffnung, sich ihrer Tochter näher zu fühlen.

Ich weiß nicht, woher er das Lied über meinen Namen
kannte: *Quel Joli Nom de Ninon.* Doch er kannte es. Er
sagte, er sei Koch. Ich dachte, er sei Armeekoch. Ich
dachte, er sei bis vor kurzem Soldat gewesen. Sein Haar
war immer noch kurzgeschoren, und seine Ohren standen seitlich vom Kopf ab. Ich fragte ihn, ob er aus dem
Norden komme, und er lächelte mit seinen blauen Augen und antwortete nicht. Er sah ganz gewiß danach
aus. Er hatte bleiche Haut, und sein Körper hatte viele
Vertiefungen und Klüfte – zum Beispiel unter den Bak-
kenknochen oder zwischen den beiden Muskeln des
Oberarms oder in den Kniekehlen. So als könnte deine
Hand plötzlich zwischen zwei dicht beieinanderstehen-
den Felsen hindurch in ein tiefes Wasserloch weit drinnen gleiten. Er bestand nur aus Knöcheln.

Das erstemal sah ich ihn, wie er an einem Kai in
Toulon mitten auf der Straße ging. Das tat er, um gesehen zu werden. Wie ein Schauspieler oder wie Betrun-
kene es tun. Er grinste. Auf seinen kurzgeschorenen
Kopf war weit hinten ein weicher Hut gestülpt. Er trug
zwei Tafeln, die durch Schultergurte zusammengehalten

wurden, und die Tafeln gingen ihm bis zu den Knien. Darauf stand hinten und vorn die Speisekarte eines Fischrestaurants. Ein billiges Restaurant, denn die meisten der Gerichte kosteten weniger als 50 Franc. Zuoberst stand das Wort *Moules*, direkt unter seinem Kinn. Darunter waren verschiedene Arten der Zubereitung von Muscheln aufgeführt. *Américaine, Marseillaise, Bonne Femme, A l'Indienne, Reine Mathilde, Lucifer* ... die Liste war lustig. *Tahitienne, Rochelaise, Douceur des Isles, Pêcheur, Hongroise* ... also haben die Ungarn eine ungarische Art, Muscheln zuzubereiten! Die Tschechen, wie meine arme Mutter, müssen auch eine haben! Unser Nationalgericht, witzelte sie eines Tages, ist Messer und Gabel! Ich mochte es, wenn sie lachte. Es war, als entdeckte man mitten im Winter, daß ein Baum noch lebte, obwohl er keine Blätter hatte. Ich habe ihren Witz mit den Messern und Gabeln nie verstanden. *Poulette, Réunionnaise, Italienne, Grecque* ... Ich mochte es, wenn sie lachte. Jetzt lachte auch ich.

Er sah mich. Er sah mich über seine Speisekarte lachen, und er verbeugte sich. Er konnte sich nicht sehr tief verbeugen, weil ihm der untere Rand seiner Reklametafel gegen die Schienbeine stieß.

Ich saß im Hafen auf einem Poller oberhalb der Jachten und Motorbarkassen. Der Muschelmann sprach zuerst:

Wir machen um vier zu. Bist du dann noch da?

Nein, sagte ich.

Auf Urlaub?

Ich arbeite.

Er nahm den Hut ab und setzte ihn noch weiter hinten wieder auf.

Welche Branche?

Mietwagen-Firma. Hertz.

Ich sagte ihm nicht, daß es mein erster Job war. Er nickte und rückte die Schultergurte zurecht.

Sie schneiden ein, sagte er. Ich mache das, bis ich eine Arbeit als Koch finde.

Im Ernst?

Würdest du gern mal mit der Jacht da fahren? Er zeigte auf eine mit dem Namen *Laisse Dire*.

Wie bereiten die Ungarn Muscheln zu? fragte ich.

Würdest du gern mal mit der Jacht da fahren?

Er war so dumm wie die Speisekarte auf seinem Rücken.

Ich komme noch zu spät, sagte ich und ging weg.

Zdena, die auf dem schmalen Bett in dem Korridorzimmer in Bratislava liegt, atmet tief aus – wie nach einem Seufzer oder einem Schluchzen.

Ich kam um zehn Uhr abends aus dem Hertz-Büro, und der Muschelmann stand neben dem Zeitungshändler im Bahnhof.

Wie lange bist du schon hier? fragte ich unwillkürlich.

Hab ich dir doch gesagt, wir machen um vier zu.

Und er stand da. Er sagte weiter nichts. Er stand lächelnd da. Ich stand da. Er hatte keinen Hut, und er trug auch die Tafeln nicht mehr. Er hatte ein T-Shirt mit Palmen an und einen Ledergürtel mit Nieten. Langsam

hob er eine Plastiktüte hoch und nahm eine Warmhal-
tepackung heraus.

Ich hab dir Muscheln gekauft, à la Hongroise.

Ich esse sie später.

Wie heißt du?

Ich sagte es ihm, und da eben summte er mein Lied.
Quel Joli Nom de Ninon.

Wir gingen auf dem großen Boulevard in Richtung
Meer. Er trug die Plastiktüte. Auf dem Gehsteig drängten
sich die Menschen, und die Lichter in den Schaufenstern
brannten noch. Fünf Minuten lang sagte er nichts.

Läufst du den ganzen Tag mit deiner Speisekarte herum? fragte ich.

Die machen die Lichter in den Läden hier erst um
halb vier Uhr morgens aus, sagte er.

Wir gingen weiter. Ich blieb stehen, um mir in einem
Schaufenster einen Mantel anzusehen.

Kugelsicheres Glas, sagte er.

Mein Traum sind Mäntel, Kleider, Schuhe, Hand-
taschen, Strumpfhosen, Kopftücher. Am liebsten habe
ich Schuhe. Aber ich bleibe nie vor einem Juwelierge-
schäft stehen. Ich hasse Juweliere. Er blieb vor einem
stehen. Ich wartete nicht auf ihn.

He, sagte er, vielleicht ist hier etwas, das dir gefällt!

Ach ja?

Du brauchst es mir bloß zu sagen.

Ich hasse Juweliere, sagte ich.

Ich auch, sagte er.

Sein Gesicht zwischen den Henkelohren verzog sich
zu einem Lächeln, das sich seiner selbst nicht recht sicher war, und wir gingen bis zum Meer hinab. Ich aß die

Muscheln am Strand neben einem Stapel Liegestühlen. Die Muscheln hießen ungarisch, weil Paprika dran war.

Während ich aß, machte er die Schnürbänder seiner Turnschuhe auf. Er tat alles mit Bedacht, als könne er nur an eine Sache auf einmal denken. Der linke Schuh. Dann der rechte Schuh.

Ich geh schwimmen, sagte er, willst du nicht auch schwimmen?

Ich komme gerade von der Arbeit. Ich habe überhaupt nichts mit.

Hier sieht uns doch keiner, sagte er und zog sich das T-Shirt mit den Palmen aus. Seine Haut war so bleich, daß ich den Schatten jeder Rippe sehen konnte.

Ich stand auf, zog die Schuhe aus, ließ ihn zurück und ging barfuß zum Wasser hinab, wo sich die kleinen Wellen auf dem Sand und dem Kies brachen. Es war dunkel genug, um die Sterne zu sehen, und hell genug, um zu sehen, wie er jetzt ausgezogen war. Er machte Purzelbäume den Strand hinunter zum Meer. Ich war überrascht, und dann lachte ich, denn ich hatte etwas erraten: er machte Purzelbäume aus Anstand. Es war eine Art, den Strand herunterzukommen, ohne seinen Schwanz zu zeigen. Ich weiß nicht, wieso ich das wußte, und ich fragte ihn auch nicht. Doch irgendwie kam mir der Gedanke.

Während ich noch lachte, lief er ins dunkle Meer. Da hätte ich fortgehen sollen. Er schwamm weit hinaus. Ich hatte ihn aus den Augen verloren.

Haben Sie jemals versucht, einen Mann im Meer in der Dunkelheit zu verlassen? Das ist gar nicht so einfach.

Ich ging zurück zu der Stelle, wo ich gesessen hatte.

Seine Kleider lagen zusammengefaltet auf einem Haufen im Sand. Nicht wie Rekruten in der Armee sie zusammenfalten müssen. Sie waren angeordnet wie Dinge, die man im Dunkeln finden konnte, wenn es darauf ankam. So, daß man sie, wenn man in Eile zurückkam, rasch an sich nehmen konnte. Ein Baumwoll-T-Shirt. Ein Paar Jeans. Ein Paar Turnschuhe, mit einem Loch in der Sohle des linken Schuhs, große Füße, 44. Ein Slip. Und ein Gürtel mit einer ziselierten Hand auf der Schnalle. Ich setzte mich hin und sah aufs Meer hinaus.

Zwanzig Minuten mußten vergangen sein. Das Geräusch von Wellen ist wie das, was man im Radio hört, wenn das Publikum applaudiert. Doch es ist beständiger, und niemand brüllt Johnny! Plötzlich stand er hinter mir, tropfnaß. Er stand tropfend da und hielt zwei Liegestühle unter dem einen knochigen Arm und einen Sonnenschirm im anderen. Ich lachte.

So ging es weiter, mit dem Koch und mir. Seine Schlichtheit hatte etwas Solides; sie würde sich niemals ändern.

Nachdem wir gevögelt hatten, fragte ich: Hörst du die Wellen?

Er antwortete nicht. Er machte nur: Sch! Sch! Sch!

Zdena richtet sich im Bett auf, setzt die Füße auf den Boden und geht barfuß ans offene Fenster. Ihr Nachthemd hat einen spitzenbesetzten Ausschnitt, der ihre schmalen Schlüsselbeine bedeckt. Sie sieht auf die Straßenbahngleise hinab. Da ist immer noch der Geruch nach frischem Brot. Auf der Straße gehen ein paar Männer zur Arbeit.

Ich ging zum Hafen hinab, wo die Ausflugsschiffe vertäut lagen, und zufällig dachte ich an den Koch. Ich wollte gar nichts, ich fragte mich nur, was er tun würde, wenn ich auftauchte. Dann sah ich seine Speisekartentafeln, und ich drängte mich durch die Menschen hindurch, doch er war es nicht. Es war ein alter Mann über fünfzig mit grauem Haar. Ich fragte den alten Mann, ob er den Koch kenne, doch er schüttelte den Kopf und deutete auf seinen Mund, als wolle er sagen, daß er nicht sprechen könne. Daraufhin beschloß ich, das Restaurant ausfindig zu machen.

Der Besitzer war ein Mann mit hellblauem Anzug und dem Gesicht eines dicken Jungen, einem eingefrorenen Gesicht. Ich fragte ihn nach dem Koch.

Wer bist du? fragte er, ohne von seinem Taschenrechner aufzusehen.

Ich bin eine Freundin, ich muß ihm etwas geben.

Kannst du es mit der Post schicken?

Ist er weggefahren?

Er blickte zum erstenmal auf. Sie haben ihn geholt. Willst du seine Adresse?

Ich nickte.

Zuchthaus, Nantes... Trinkst du einen Kaffee?

Alles, was er sagte, war gebrüllt. Er mußte brüllen, um durch den Frost seines Gesichts hindurchzudringen. Er stellte die Kaffeetassen auf einen der leeren Tische und setzte sich mir gegenüber.

Die haben deinen Koch seit drei Jahren gesucht, sagte er. Zu siebt sind sie aus dem Gefängnis ausgebrochen. Er war der einzige, der es geschafft hat. Die anderen wurden gefaßt. Doch er wurde unvorsichtig, es ging bergab mit ihm, mit deinem Koch.

Ich sah, daß es etwas gab, was ihn amüsierte, nicht in seinem Gesicht, doch in der Art, wie er sprach.

Die haben ihn aus reinem Zufall geschnappt. Ein Gefängnisbeamter aus Nantes war hier im Urlaub. Kam mit seiner Frau ins Restaurant, um Muscheln zu essen. Beim Hinausgehen fällt ihm sein alter Bekannter ins Auge. Gestern wartete ein Dutzend von denen hinten auf ihn, als er von den Landungsbrücken zurückkam.

Was ist daran so lustig?

Ich war drauf und dran, ihm nächste Woche in der Küche einen Job zu geben! Wäre er in der Küche gewesen, dann hätte ihn der *flic* nicht gesehen, oder?

Und das ist lustig?

Das ist eine gute Nachricht! Dein Koch hat auf den richtigen Moment gewartet. Eines Samstagabends hätte er die Kasse ausgeraubt. Gar keine Frage. Statt dessen haben sie ihm die Handschellen umgelegt. Lächelst du nie bei einer guten Nachricht?

Tiefgefrorenes Schwein, sagte ich zu ihm.

Eine Drossel hat in der Akazie zu singen begonnen. Mehr als alles andere erinnert mich Vogelgesang daran, wie die Dinge früher ausgesehen haben. Drosseln sehen aus, als hätten sie gerade ein Staubbad genommen, nicht wahr? Und Amseln mit ihren glänzenden schwarzen Federn sehen aus, als kämen sie gerade aus einem Teich, doch wenn sie den Schnabel öffnen, ist es das Gegenteil. Das Lied der Amsel ist trocken. Und die Drossel singt wie ein Überlebender – wie ein Schwimmer, der um sein Leben geschwommen ist, es bis zum sicheren Ufer der Nacht geschafft hat und in den Baum geflogen kommt, um die Tropfen vom Rücken zu schütteln und zu verkünden: Ich bin da!

Jean Ferrero hat immer noch die Scheinwerfer an, weil er durch Wolken gefahren ist, weiße Wolken, die über die geborstenen Felswände waschen. Die Straße windet sich hinab. Er erreicht die ersten Pinien. Das Felsgeröll wird von Gras abgelöst.

Ein gutes Stück weiter unten geht ein Mann, die Hände in den Hosentaschen.

Ich stelle mir vor, daß er ein Schäfer ist, aufgrund der Art, wie er geht. Schäfer haben eine eigene Art, sich von einem Ort zum anderen zu bewegen. Keine Schlüssel in den Taschen, keine Münzen, kein Taschentuch, vielleicht ein Messer, doch wahrscheinlich steckt das Messer in der fellgefütterten Lederjacke, die er trägt. Er geht nonchalant, um den Gipfeln, die soeben aus der Nacht aufgetaucht sind, seine Unabhängigkeit zu beweisen, um sich einem neuen Tag zu stellen, von dem er weder Datum noch Wochentag weiß. Er geht seinen Weg, weil er stolz ist, daß die Nacht vorüber ist. Er hat etwas damit zu tun gehabt, daß sie gut vorübergegangen ist.

Als der Eisenbahner dem Schäfer näher kommt, nimmt er die Geschwindigkeit zurück. Im letzten Moment hält er an, klappt das Visier hoch und stellt die Füße auf die Erde. Warum hat er angehalten? Er scheint es selbst nicht zu wissen. Vielleicht lag es an der Stunde und dem Fehlen jeglicher sichtbarer Behausung. In der Ferne bellt einer der Hunde des Schäfers.

Der Schäfer geht ein paar Schritte an dem fremden Motorradfahrer vorüber, um dann, ohne sich umzusehen, über die Schulter zu sagen: Weit? Weite Fahrt?

Weit! sagt der Motorradfahrer.

Wahrscheinlich hat der Schäfer seit vierzehn Tagen oder mehr nicht gesprochen. Keiner von beiden weiß im Moment, was er sagen soll; beide schätzen ab und reden zugleich. Sie tasten nach einer Sprache zwischen Italienisch, Französisch und der Bergmundart, die ihnen im Prinzip vielleicht gemeinsam ist. Sie probieren jedes Wort, wiederholen manche, wie der Hund des Schäfers sein Bellen wiederholt.

Ich übersetze aus ihren Lauten, ihrem Bellen und ihren Wortbastarden.

Ist Sonntag? fragt der Schäfer und macht kehrt, um den Motorradfahrer anzusehen.

Montag.

Früh losgefahren?

Früh.

Die Nächte sind noch kalt.

Kein Feuer? fragt Jean Ferrero.

Kein Holz.

Nein?

Gibt Sachen, die würde ich stehlen, sagt der Schäfer.

Holz?

Nein, dein Motorrad.

Wo würdest du hinfahren?

Runter nach Pinerolo.

Wie weit ist Pinerolo?

Pinerolo ist zwölf Kilometer.

Was gibt's in Pinerolo?

Frauen.

Um sechs Uhr morgens?

Und einen Zahnarzt!

Steig auf. Schon mal auf einem Motorrad gesessen? fragt Jean.

Noch nie.

Sitz auf.

Ich komm nicht mit.

Hast Schmerzen?

Nein.

Kommst wirklich nicht mit?

Ich behalt die Schmerzen hier. Fährst weit?

Nach Pinerolo.

In Ordnung, sagt der Schäfer.

Und die beiden Männer fahren nach Italien hinunter, der Schäfer hat die Arme um den Eisenbahner gelegt.

An meinem Gaumen fühlt es sich fettig an. Auf der Außenseite, wo es braungebrannt ist, ist es trocken. Jeden Morgen suche ich mir das braunste *pain au chocolat* aus. Da hast du also dem Papa den Kaffee gemacht, sagt die Bäckersfrau, und jetzt gehst du zur Schule! Sie sagt das, weil Maman fort ist und ich mit Papa allein lebe. Ich berühre die schwarze Schokolade, zuerst mit den Zähnen, dann langsam mit der Zunge. Sie ist flüssig, nicht

flüssig genug zum Trinken, man muß sie hinunter-
schlucken, doch verglichen mit dem Backwerk ist sie
flüssig. Wenn du geschickt bist, schluckst du den ersten
Schwung runter und läßt genug übrig, um es mit der
Zunge in jeden Winkel des milchigen Brots zu schieben,
so daß alles den Schokoladengeschmack annimmt.

Sie halten in Pinerolo bei der Brücke an. Der Schäfer
steigt ab und verschwindet mit einem Winken der Hand,
doch ohne ein Wort in ein Kaffeehaus. Die Straße folgt
dem Fluß, Licht fällt auf die silberne Unterseite der Wei-
denblätter, das Wasser funkelt, da ist ein Angler, der es
auf Forellen abgesehen hat, und Jean Ferrero fährt weiter und weiter, den Tank mit den Knien umfassend. Der
Casione mündet direkt oberhalb von Lombriasco in den
Po. Die Bewohner des Dorfes sind an das Tosen des
Wassers so sehr gewöhnt, daß sie, staute man die beiden
Flüsse mitten in der Nacht, mit einemmal erwachen und
glauben würden, sie wären tot. Fahrer und Motorrad
durchqueren den Ort, aufeinander eingespielt, als wären
sie ein einziges Geschöpf, wie ein Eisvogel, wenn er
dicht übers Wasser fliegt.

Ich trinke während meiner Mittagspause einen Cappuccino. Man findet mich jeden Tag um Viertel vor zwei in
der Via G. Carducci. Es ist jetzt achtzehn Monate her,
daß ich nach Modena gekommen bin. Es ist, als hätte vor
achtzehn Monaten, während ich schlief, jemand zwei
Buchstaben vertauscht: MODANE, MODENA. Ich fand

eine neue Stadt. Ich spreche Italienisch mit französischem Akzent. »Die Worte machen Steptanz, statt zu singen!« sagen die Leute. Sie stellen Traktoren und Sportwagen her hier in Modena, und sie machen Kirschmarmelade in riesigen Mengen. Und mir gefällt es hier. Ich bin nicht *semplice*. Sie sind es auch nicht. Wir alle wissen, daß eine Aprikose fünf Zentimeter mißt und nicht mehr! Steigert sich einer zu sehr rein, wenn der Jahrespreis für die Kirschen festgesetzt wird, dann kann ihn selbst in Modena die Cobra Magnum töten. Aber ich gehe hier des Nachts durch die Straßen und stelle mir jede Art von Glück vor, während ich hinter die Bäume schaue.

Der Himmel hat das Blau des frühen Morgens, und es gibt weiße Wolken nahe den Wipfeln der Bäume. Die Straße ist gerade. Und der Eisenbahner macht zweihundert Kilometer in der Stunde.

Es gibt da eine Ausstellung in Verona, und Marella und ich, wir entschließen uns hinzugehen. Die Poster draußen zeigten einen Frauenkopf im Profil. Was für ein Hals! Die sexieste Giraffe der Welt, sagt Marella. Bei einem anderen Poster fiel mir auf, wie die Ägypter ihre Röcke geschürzt haben. Sowieso kostet es am Sonntag keinen Eintritt, sagte Marella. Sie schürzen sie über der linken Hüfte. Also gehen wir hinein. Ich sehe mir alles an. Als wohnten sie in derselben Straße wie wir. Die Hausnummern sind ein bißchen verrückt. Bei ihnen steht 3000 v. Chr. dran und bei uns 2000 n. Chr., doch hier sind sie, gleich nebenan. Ich finde ein Modell eines ihrer Häuser: Küche, Toilette, Eßzimmer, Garage für den Karren.

Die Wände haben Nischen für den Körper. Nischen, die so geschnitten sind, daß Schultern, Taille, Hüften, Schenkel hineinpassen ... wie Kuchenformen, in denen Biskuitkuchen ihre Gestalt bekommen, doch diese sind für Körper in ihrer ganzen Schönheit. Körper, die beschützt werden sollen wie Geheimnisse. Schutz ging ihnen über alles, diesen Ägyptern. Geh doch mal in eine hinein, sagt Marella, und sie werden dich einmauern! Laß dir Zeit, Ninon, ich werde inzwischen ein Eis essen! Wenn du in einer Stunde nicht draußen bist, komme ich und suche in den Mumiengehäusen nach dir!

Was für eine Art abzutreten! Du liegst im Mumiengehäuse wie eine Bohne in ihrer Schote, und statt daß die Bohnenschote mit seidigem Flaum ähnlich dem Haar eines neugeborenen Babys gefüttert ist, macht poliertes Holz sie behaglich – es heißt, es sei Akazienholz –, und darauf ist der göttliche Geliebte gemalt, der dich ewig küssen wird. Sie lassen nichts verderben. Es gibt sogar ein Mumiengehäuse für eine Katze. Und wie die Statuen gehen! Sie sind Auge in Auge mit dir; da gibt es keine Ausflüchte, mit erhobenen Armen, die Handgelenke angewinkelt, die Handflächen nach außen. Männer und Frauen. Und wenn es Paare sind, legt die Frau einen Arm um ihren Mann. Sie kommen nach vorn, manchmal treten sie einen ganz kleinen Schritt zurück, doch sie drehen sich niemals um und gehen fort. In Ägypten kehrt einem niemand den Rücken, niemand geht fort, niemand trennt sich.

50

Ich versuche es selbst, rechter Fuß ein wenig vor, Rücken völlig gerade, Kinn hoch, linker Arm erhoben, Handflächen nach vorn, die Fingerspitzen auf Schulterhöhe . . .

Plötzlich weiß ich, daß ich angeschaut werde, also erstarre ich. Die Augen, die mich anschauen, das spüre ich, sind irgendwo hinter meiner linken Schulter. Vier oder fünf Meter entfernt, nicht mehr. Bestimmt die Augen eines Mannes. Ich stehe noch stiller als die alten Ägypter.

Andere Besucher beginnen den Mann hinter mir anzustarren. Sie sehen mich, doch ich kümmere sie nicht weiter, weil sie denken, daß ich mich den Ägyptern anschließe, und ich bewege mich kein bißchen, dann bemerken sie den Mann hinter mir, und sie starren ihn böse an, denn sie geben *ihm* die Schuld dafür, daß ich mich nicht bewege!

Hören Sie auf, Sie Schwein! höre ich, wie eine Frau ihn anzischt. Das ist der schwierigste Moment für mich, weil ich lachen möchte. Ich kann lächeln, aber ich kann nicht lachen und schon gar nicht kichern.

Ich bewege mich nicht, bis ich spüre, daß sich der Blick abgewandt hat. In der Spiegelung einer Glasvitrine sehe ich, daß kein Mann mehr hinter mir ist. Er hat sich veranlaßt gesehen, in den nächsten Saal weiterzugehen. Erst da höre ich auf, Ägypterin zu sein.

Ich werde ihn mir einmal ansehen, sage ich mir. Im nächsten Raum sind fünf Affen. Lebensgroße Paviane in Marmor, die dasitzen und die Sonne genießen. Ich denke mir, die Sonne geht unter, und jeden Abend kommen sie und sitzen auf demselben Felsen, um zuzusehen, wie die Sonne untergeht. Der *tizio* trägt eine Sonnenbrille, und eine Kamera hängt ihm von der Schulter. Ich kann durch seine Sonnenbrille nicht hindurchsehen. Und überhaupt, wozu eine Sonnenbrille im alten Ägypten?

Als ich die Ausstellung verlasse, um Marella in der Eisdiele zu treffen, kommt dieser Tizio schwer atmend durch die Sperre hinter mir her.

Heißen Sie Nofretete? fragt er.

Ich heiße Ninon.

Ich bin Luigi. Unterwegs nennt man mich Gino.

verbotene Zeitschriften im Selbstverlag

Zdena steigt mit klappernden Absätzen die Treppe in ein Kellergeschoß hinab. Vor zehn Jahren suchte sie regelmäßig einen Keller in der Stachanovska-Straße auf, um Stapel von Samisdat-Zeitungen abzuholen. Am unteren Ende der Treppe pfeift heute ein Mann. Sie klopft an eine Tür, und das Pfeifen verstummt.

Wer ist da?

Zdena Holecek.

Kommen Sie herein, Bürgerin.

Sie hat das Wort Bürgerin als öffentliche Anredeform nicht mehr gehört, seit die Grenzen offen sind. Sie zieht die Nase kraus, als reagiere sie auf einen schlechten Witz, und öffnet die Tür zu einer Tischlerei, groß und hell erleuchtet. An den Werkbänken sitzen zwei Männer in blauen Overalls. Der ältere der beiden trägt eine Uhrmacherbrille an einem Gummiband um die Stirn.

Ein Freund hat mir erzählt, sagt Zdena, daß Sie Vogelpfeifen machen?

Nehmen Sie doch Platz. Wir machen Vogelpfeifen, sagt der ältere Mann. Wir haben jetzt dreiunddreißig Arten.

53

Haben Sie vielleicht zufällig eine Drossel?

An welche haben Sie denn gedacht? Eine Misteldrossel oder eine sibirische? Eine blaukehlige oder eine rotflüglige Drossel?

Eine Singdrossel, wie man sie jetzt in den Bäumen hört.

Verstehen Sie, Bürgerin, weshalb wir unsere Instrumente machen? Sie sollten niemals als Lockmittel verwendet werden, um Angehörige ihrer Art zu fangen oder zu töten. Wir fordern jeden Käufer dazu auf, das zu beherzigen, und in jeder Schachtel befindet sich eine gedruckte Notiz, die besagt: »Ich benutze Vogelpfeifen, um mit Vögeln zu sprechen!« Ich habe als Student der Philosophie angefangen. Marek hier hat in einer Jazzband gespielt. Nach Jahren des Nachdenkens sind wir zu der Überzeugung gekommen, daß die Herstellung von Vogelpfeifen das am wenigsten Verderbliche ist, was wir auf dieser Welt tun können – und uns zugleich unseren Lebensunterhalt sichern würde.

Verkaufen Sie viele?

Wir exportieren in die ganze Welt, sagt der junge Marek. Unser nächstes Experiment ist der Kiwi-Vogel für Neuseeland. In Mareks Augen leuchtet, während er spricht, eine Art Fanatismus. Der Drosselbestand in der Slowakei ist im Abnehmen begriffen, wußten Sie das, Bürgerin?

Ich möchte meiner Tochter eine schenken.

Wir haben zwei Modelle. Eine ist ein Piepser, die andere melodisch.

Wäre es möglich, daß ich sie höre?

Der Mann im blauen Kittel, der früher Philosoph

war, geht zu einem Schrank und kommt mit zwei kleinen, selbstgemachten Holzschachteln mit Schiebedekkeln zurück. Er öffnet eine und hält sie Zdena hin. Drinnen ist ein Gerät – nicht größer als ein Eierbecher –, das aussieht wie die Kreuzung aus einer kleinen Autohupe mit Gummibalg und einem Miniaturklistier. Der Gummibalg mündet in ein Metallröhrchen mit einer kleinen Öffnung wie ein Griffloch. Innerhalb des Röhrchens verläuft eine Metallzunge.

Halten Sie es in der linken Hand, Bürgerin, und klopfen Sie mit der rechten gegen den Gummibalg.

Zdena legt ihre Handtasche auf den Stuhl und steht auf, um in Aktion zu treten. Als ihre rechte Hand den Gummibalg berührt und ihn eindrückt, erzeugt die in das Röhrchen gepreßte Luft einen Piepser, wie er nur aus dem Schnabel einer Drossel kommen kann. Sie macht es mehrere Male und schließt dabei die Augen. Genau wie ich findet sie mit geschlossenen Augen die Töne unverwechselbar echt, als kämen sie wirklich aus dem Kehlkopf, dem Stimmorgan einer Drossel.

Inzwischen hat Marek das andere Instrument aus der Schachtel genommen. Es hat die Form eines sehr kleinen Weinglases und besteht aus massivem Holz, abgesehen von einer dünnen hohlen Pfeife, die durch den Stiel des Glases bis zu dessen Rand reicht. Er umfaßt es mit einer seiner großen Hände und führt den Stiel an die Lippen. Indem er durch die winzige Luftröhre die Luft einsaugt und auspustet, wird sein Atem zu flüssigem Vogelgesang. Zdena hält inne, die Hand in der Luft, die Augen geschlossen. Marek macht eine Pause. Zdena schlägt wieder gegen den schwarzen Gummibalg. Marek antwortet. Und so beginnen Marek und Zdena in einem Kellergeschoß in der Stachanovska-Straße mit Piepsen und Trillern ein Drosselduett.

Warum wollen Sie sie Ihrer Tochter schenken? fragt der eine mit dem Augenglas, als das Paar zu spielen aufhört.

Eine Drossel singt jeden Morgen draußen vor meinem Haus, und ich hoffe, Ihre Erfindung wird – wie soll ich sagen – zu der Drossel im Kopf meiner Tochter sprechen!

Sie können Trost spenden. Deshalb machen wir sie...

Ninon, laß uns zu Fuß gehen, sagt Gino zu mir. Wir gehen in Richtung Grezzana. Gino kennt Straßen, die sonst niemand kennt. Es ist unheimlich. Er kann von einer Stadt zu einer anderen gelangen, ohne auch nur einmal eine Strada Statale zu kreuzen. Später habe ich ihn Hase genannt, wegen seines Gesichts und seiner langen Nase, und ich habe recht daran getan, denn er kennt Pfade, die sonst niemand sieht, geschweige denn findet. Er hat mich an jenem Tag nicht angerührt. Er reichte mir hin und wieder die Hand, um mir eine Böschung hinab- oder unter einem Weinstock hindurchzuhelfen. Er tat etwas, was ich nie zuvor einen Mann hatte tun sehen. Er hielt an sich. Das Gegenteil von dem, was Affen tun. Die schwappen die ganze Zeit über. Er war wie ein Saxophonspieler, der sein Instrument hält und es mit seinem Körper umgibt. Gino tat das im Sonnenschein oberhalb von Verona, wo die Zypressen wachsen, ohne Instrument. Und das führte dazu, daß ich ihn berühren wollte, und ich tat es nicht.

In der Ebene ist Frühsommer. Das Gras ist grün und jung. Jedesmal, wenn sich die Straße dem Po nähert, ist der Fluß breiter geworden.

Hier in Griechenland ist das Meer zwischen den Inseln eine Erinnerung an das, was alles andere überdauert. Das Süßwasser dort in der Ebene ist anders; der Po, wie er zunimmt und anschwillt – und ab einem bestimmten Moment ziehen alle großen Flüsse immer mehr Wasser an sich –, der Po besteht darauf, daß nichts dem Wechsel entgeht.

Mohnblumen wachsen am Straßenrand. Weidenbäume säumen den Fluß, und ein leichter Wind weht ihre Blüten wie Federn aus einem Kissen über die Straße.

Das Land wird ständig flacher, es verliert seine Falten wie ein Tischtuch, das von der Hand einer alten Frau geglättet wird. In der anderen Hand hält sie Teller und Messer und Gabeln. Während das Land immer flacher wird, nehmen die Entfernungen zu, bis ein Mensch sich sehr klein fühlt.

Der Eisenbahner fährt seine Maschine schnell, Hacken weit zurück, Ellbogen angewinkelt, Handgelenke entspannt, Zwerchfell gegen den Tank. Vielleicht verleiht das frühe Sonnenlicht seiner Sicht eine Schärfe, die zur Schnelligkeit ermutigt. Doch während ich mir ein Bild von ihm mache, sehe ich: Wie es in der Natur der Flüsse liegt, ins Meer zu gelangen, liegt es in der Natur der Menschen, von der Geschwindigkeit zu träumen. Geschwindigkeit ist eines der ersten Attribute, die sie den Göttern zugeschrieben haben. Und hier, im sonnenhellen Morgen, ehe der starke Verkehr einsetzt, fährt Jean Ferrero neben dem großen Fluß wie ein Gott. Eine Änderung des Blicks oder eine Berührung mit den Fingern, oder die Bewegung einer Schulter, und seien sie noch so gering, werden mühelos, ohne jede menschliche Verzögerung, in Wirkung umgesetzt.

Die Hütte gehört Ginos Freund Matteo. Matteo ist nicht da, so haben wir sie für uns allein. Gino hat einen Schlüssel, und wir schließen auf und gehen hinein. Sie steht auf einem Feld nahe dem Ufer des Adige. Matteo, der Autos verkauft, geht dorthin, wenn er sich einen oder zwei Tage frei nimmt. Drinnen ist es ein wenig wie in einem Gymnastikraum. Ein Punchingball, Bermudashorts, die auf einer Leine hängen, ein Barren an einer der Wände, eine Hi-Fi-Anlage, eine Matratze in einer Ecke und die Wände ringsum voller Zeitschriftenbilder von Boxern.

Ich kniete mich hin, um sie genauer zu betrachten. Gino legte Musik auf und zog die Spitzengardine vor das kleine Holzfenster und fing an, sich auszuziehen. Es war das erste Mal, und wir spielten wie Kinder. Er war wie ein Mann, der an einem Felsabsturz steht, um einen Kopfsprung zu machen. Sehr konzentriert. Die Knie zusammen. Ab und zu sah er zu mir herüber, um mir die Heldentat zu zeigen, die mir bevorstand! Ich war die Heldentat, und er wollte, daß ich sie ebenfalls betrachtete! Verglichen mit den Boxern war er mager wie ein Stock. Seine Beine und Arme kamen direkt aus seinen Augen. Ich nannte ihn nicht mehr Hase, ich nannte ihn Augapfel. Ich zeigte ihm, wie ich ihn mit meinem Fingernagel zucken lassen konnte. Ich weiß nicht, wie lange ich ihn so reizte. Schließlich liebten wir uns. Ich erinnere mich nur daran, daß ich auf ihm lag und wir uns in Schreien überboten, als ich plötzlich ein Knacken und ein sausendes Geräusch hörte, als fiele ein großer Baum um, und überall war Sonnenlicht, und in dem Sonnenlicht rollte ich mit geschlossenen Augen zur Seite. Als ich die Augen öffnete, fand ich mich auf dem Rücken wieder, und zu unseren Füßen war ein Apfelbaum voller roter Äpfel. Ich traute meinen Augen nicht, und ich suchte nach seiner Hand. Als ich sie fand, fing er an zu lachen und half mir, mich aufzusetzen. Da wurde mir klar, was passiert war, denn ich sah die grauen, zerborstenen Bretter. Eine der Wände der Hütte war hinaus auf das Feld gefallen. Die Bilder der Boxer lagen im Gras, dem Himmel zugewandt. Ich habe mich dagegengestemmt, sagt Gino, habe mich immer wieder mit den Füßen gegen die Bretter gestemmt – sein Lachen war völlig durchsetzt von Sonnenlicht und dem, was er sagte –, um dich hoch und immer höher zu heben, und da fiel die Wand des Hauses um! Schau dir die Äpfel an, Ninon! Und er gab mir einen, und ich kniete ganz nackt da und hielt ihn, wie ich es einmal auf einem Bild gesehen habe. Ah! Gino. Das auf dem Bild war nicht Eva.

Die Stadt kündigt sich durch riesige gemalte oder blinkende Wörter an. Kilometer für Kilometer einander widerstreitender Wörter, die Waren, Dienste, Vergnügungen und Namen verheißen. Manche Silben sind so groß, daß sie ohrenbetäubend wirken, wenn ihr Lärm in und aus dem Verkehrsgewühl dröhnt. Jean Ferrero fädelt sich seinen Weg zwischen den Wörtern hindurch, wobei er mal unter ihnen hindurchfährt, mal zwischen zwei Buchstaben durchschlüpft oder um das Ende eines Slogans biegt. BOSCH, IVECO, BANCA SELLA, ZOLA, AGIP, MODO, ERG.

Der Verkehr staut sich. Er wechselt von einer Spur zur anderen und bewegt sich zwischen den Spuren. Jean Ferrero liest die ganze Zeit. Er liest die Signale, die ihm sagen, was ein anderer Fahrer während der nächsten fünf Sekunden tun wird. Er beobachtet, wie die Fahrer den Kopf halten, wie sie den Arm im offenen Fenster ruhen lassen, wie die Finger auf die Karosserie klopfen. Dann beschleunigt oder bremst er, bleibt dahinter oder zieht davon. Er hat sein ganzes Leben lang auf Signale geachtet.

Papa hat mir das wissenschaftliche Prinzip erklärt. Alles geht darum, wie du dich in die Kurve legst. Wenn etwas auf Rädern abbiegen oder die Richtung ändern will, kommt die Zentrifugalkraft mit ins Spiel, sagt er. Diese

Kraft versucht, uns aus der Kurve hinaus wieder auf die Gerade zu bringen, gemäß einem Gesetz, das das Trägheitsgesetz heißt und das immer darauf aus ist, daß keine Energie verlorengeht. In einer Biegung ist es die Gerade, die am wenigsten Energie erfordert, und also beginnt unser Kampf. Indem wir unser Gewicht in die Kurve legen, verlagern wir den Schwerpunkt des Motorrades, und das wirkt der Zentrifugalkraft und dem Trägheitsgesetz entgegen! Vögel tun dasselbe in der Luft. Nur daß Vögel, sagt Papa, nicht in der Luft sind, um zu reisen – sie leben dort!

Der Verkehr ist zum Stillstand gekommen. Der Eisenbahner nimmt seinen Weg zwischen den stehenden Fahrzeugen hindurch, wobei er Ausschau hält, wo der Durchlaß breit genug ist, mal links zur Straßenmitte hin, mal rechts am Bordstein entlang. Er manövriert, er gibt dem Motorrad die Richtung. Eine Dunstwolke aus Nebel und Rauchschwaden hängt über der Stadt und verschleiert die Sonne. Der Motor ist zu heiß geworden, weil er langsam fährt, und das elektrische Kühlsystem schaltet sich ein. Als er an der Spitze des Staus ankommt, bemerkt er, was den Verkehr zum Halten gebracht hat. Eine Herde weißer Rinder wird von einem Mann mit einem Jungen und einem Hund die Straße entlanggetrieben. Die Tiere folgen eins dem anderen wie eine Marschkolonne entwaffneter Soldaten, die sich ergeben haben. Dann erscheint aus der entgegengesetzten Richtung eine Straßenbahn und bimmelt. Der Fahrer eines Mercedes flucht gotteslästerlich und sagt, es sei ein

Skandal, daß man den Schlachthof nicht weiter in die Vororte von Torino verlegt hat. Jean öffnet den Reißverschluß seiner Jacke.

Gino hat mir einen Ring geschenkt, der goldfarben ist und die Form einer Schildkröte hat. Jeden Tag entscheide ich mich, wie ich ihn tragen möchte. Ich kann ihn so tragen, daß die Schildkröte heimkehrt, indem sie auf mich zuschwimmt, mit dem Kopf in Richtung meines Handgelenks, oder ich kann ihn andersherum tragen, so daß die Schildkröte hinausschwimmt, um der Welt zu begegnen. Das Metall wiegt weniger als Gold und hat mehr Weiß in seinem Gelb. Der Ring kommt laut Gino aus Afrika; er hat ihn in Parma gefunden. Heute werde ich mit der Schildkröte hinausschwimmen, um der Welt zu begegnen.

Es gibt einen Laden in der Asklipiou-Straße, wo ich mir das Haar schneiden lasse. Draußen steht angeschrieben: Κουρεῖον. Was Barbier bedeutet. Außerdem steht dort ein Spruch: Αψε σβῆσε. »Gesagt, getan«. Zwei Männer und zwei Sessel, das ist alles. Keine Photos, keine Zeitschriften, keine Lichter. Sie benutzen nicht einmal Spiegel. Statt dessen gibt es Vertrauen. Die Tür geht auf die staubige Straße hinaus, wo die Lastwagen vorbeifahren. Kein anderer Barbier in Athen kann mit der Scherengeschwindigkeit dieser beiden mithalten. Ihre Scheren schnippen die ganze Zeit, ob Haare dazwischen sind oder nicht. Stehen nie still. Die ganze Zeit hat einer von ihnen eine Schere in der Luft, die schnattert. Sie bewegen sich nicht um die Sessel herum. Sie stehen an ein und derselben Stelle und schwingen den Kunden herum. Wenn sie ein Rasiermesser in die Hand nehmen, halten sie einem den Kopf mit dem Druck eines einzigen Fingers völlig ruhig. Während ich dort sitze, bei meinem Lieblingsbarbier, mir das Haar kurz schneiden lasse und darauf lausche, wie die Scheren schnattern und die Lastwagen vorbeifahren, höre ich das Lachen eines Mannes.

.   .   .

Das Lachen gehört zu einem Körper, nicht zu einem Witz. Das Lachen eines alten Mannes. Ein Lachen, wie ein Cape über die Schultern der Worte geworfen, die da gesprochen werden. Der alte Mann fragt: Sie schauen sich das Photo dort oben an? Das ist mein Sohn, Gino. Er ist in seiner *barca*, wie Sie sehen. Sie haben erraten, daß es mein Sohn ist? Ein Scheit vom alten Block, wie man sagte, ehe es Kettensägen gab! Er ist aufrechter, aufrechter, als ich es bin. Sie haben recht, auch dünner. Er ist aufrechter, weil er ein leichteres Leben gehabt hat, und ich bete zu Gott, daß es so bleibt. Schwierigkeiten verdrehen einen Mann, machen Knoten in ihn. Mein Sohn hat natürlich seine Geheimnisse, ich darf seine Minas nicht sehen, doch er hat keine ernsten, keine schweren Sorgen. Sie suchen also einen Anker? So groß! Darf ich fragen, wofür Sie den wollen? Die Diskothek heißt »Der goldene Anker«? (Lachen.) Ich habe mehrere, doch es ist ziemlich weit. Sie können jederzeit einen golden anstreichen. Sie sind hinter den Boilern, links von den Reifen. *Andiamo*. Wie gesagt, ich dachte, er würde länger studieren, mein Sohn Gino, hat er aber nicht gemacht. Sie brauchen nicht zufällig Pißbecken? Als er sieben Jahre alt war, ging er schon allein angeln. Als er acht war, konnte er schon selbständig mit einer Barca umgehen – außer ihm war niemand im Boot. Jetzt geht er nach Ficardo und angelt jeden Dienstag und Donnerstag auf dem Po. Nein, am Wochenende kann er nicht, da hat er seine Märkte: Samstag Ferrara, Sonntag Modena, Mittwoch Parma. An Badewannen haben Sie kein Interesse? Er ist sehr methodisch, und das hat er vielleicht auch von mir. Schrott ist Methode, müssen Sie wissen, sonst nichts. Methode und genug Land und fähig sein zu erkennen, was von was kommt. Alles muß erkannt und seiner Familie zugeordnet werden. Gino hätte auch in Elektronik machen können, aber da liegt das Problem, der Junge kann drinnen nicht arbeiten. Vier Wände sind für ihn ein Gefängnis. Wenn er in mein Büro kommt – das Häuschen, wo Sie das Photo von ihm in seiner Barca gesehen haben –, hält er es dort nicht länger als drei Minuten aus. Er ist ein Junge, der immer nach den Glocken des nächsten Dorfes lauscht, wie man sagte, ehe es die *autostrade* gab. Also hat er beschlossen, sich seinen *baraccone* anzuschaffen, und jede Woche macht er seine Runde auf den Märkten. Als Verkäufer ist er gut. Er könnte am Tor eines Friedhofs Konfetti verkaufen! (Lachen.) Ja, er ist im Klamottenhandel. Bekleidung. Hier sind die Anker. Der größte dort stammt von einem Leuchtschiff. Wieviel? Sie zahlen bar? Dann zweiundvierzig Millionen. Zuviel, sagen Sie? Sie merken nicht, wenn man Ihnen ein gutes Geschäft anbietet. Hören Sie sich um, man wird Ihnen überall dasselbe sagen – Federico ist nicht am Verkauf interessiert – er schenkt die Sachen her. Zweiundvierzig Millionen.

In Torino nahe dem Ponte Vittorio Emanuele steht am Kai ein Hund neben einem Angler. Jean Ferrero sieht ihnen oben von der Straße aus zu. Sein Motorrad steht am Bordstein. Er hat Handschuhe und Helm auf die Steinbrüstung gelegt, über die er sich lehnt. Die Sonne ist nicht zu sehen, doch die Atmosphäre ist drückend, und die Farbe des Steins der Brüstung – die Farbe von Quittengelee, wenn das Glas schon lange offen ist – absorbiert die Hitze.

Vorsicht, sagt die Stimme einer Frau. Sie wollen doch nicht, daß er hineinfällt – und sie berührt den Helm –, oder?

Sie spricht ein Italienisch, das so melodiös ist und so ernst, daß die gesprochenen Worte, mag ihr Sinn auch noch so alltäglich sein, klingen, als kämen sie aus der Bibel.

»Also verwies ihn Gott der Herr des Gartens Eden, auf daß er die Erde pflüge, von der er genommen war.«

Die Hand auf dem Helm paßt zu der Stimme. Solche zarten Hände gehen oftmals einher mit seidigem Haar, mit einer empfindlichen Haut, die schon fast eine Wunde ist, und mit einem eisernen Willen.

Sie würden ihn aus dem Fluß nie wieder herausholen, sagt sie, er ist zu dreckig, zu versaut.

Sodann schaukelt sie mit ihrer Engelshand den Helm auf der Brüstung.

Wir sind es, die ihn zugrunde gerichtet haben, fährt ihre Stimme fort, wir richten alles zugrunde.

Ihre Kleidung ist staubig und alt – wie die, die Frauen beiseite werfen, wenn sie auf einem Markt einen Stapel Restposten durchsehen. Sie trägt Lippenstift – einen diskreten, jedoch unbeholfen aufgetragen, als könne sie nicht mehr sehen, was ihre zarten Finger tun.

Es gibt nur wenig, was man tun kann, sagt sie, und was man tun kann, scheint niemals genug. Und doch muß man weitermachen.

Ich werde eines Tages ein Haus haben, aber nicht in diesem mörderischen Tal. Ich möchte ein Haus, in dem ich von jedem Fenster aus das Meer sehen kann. Ninons Haus. Es muß irgendwo existieren. Kein blaues Meer, ein silbernes Meer. In meinem Haus werde ich eine Küche haben mit einem Tisch wie bei Tante Claire, um darauf am Fenster das Gemüse zu schneiden. Und in der Küche werde ich einen Geschirrschrank aus Birnenholz haben, wie er bei uns unten steht. Doch es wird etwas anderes darin sein. Er wird nicht voller alter Rechnungen sein und voller Photos und einer Motorradbatterie und voller Teller, die nie benutzt werden, weil sie zu hübsch sind. Ich werde in dem Geschirrschrank Teller haben, die hübsch sind und die ich benutzen werde. Und auf dem Brett über meinen Tellern werde ich eine Reihe schwerer Glasgefäße haben, jedes mit einem dicken Korkverschluß – vielleicht werden die Fischer mir ein paar von den Korkstücken geben, mit denen sie ihre Netze schwimmen lassen und die ich sie jeden Morgen von meinem Schlafzimmerfenster aus einholen sehe. Und in meinen Glasgefäßen werde ich Zucker aufbewahren und Semmelbrösel und Kaffee und zweierlei Mehl und getrocknete Saubohnen und Kakao und Honig und Salz und Parmesan und *myrtilles* in *gnôle* für Papa, wenn er zu Besuch kommt.

Das Leben hängt davon ab, fährt die alte Frau an der Brüstung fort, keiner von uns kann aufhören. Du liest hier etwas auf, du nimmst dort etwas, du wachst mit einem Gedanken auf, du erinnerst dich plötzlich, daß es lange her ist, seit du das versucht hast, und du gehst nach Hause und legst das, was du mit nach Hause bringst, in den Kühlschrank. Jeden Tag machst du so weiter. Haben Sie den Mann mit dem Hund dort unten bemerkt?

Ja.

Sie haben den Mann mit dem Hund bemerkt? Das ist mein Mann. Mein zweiter Mann. Er hat bei Fiat gearbeitet. Hat ihm nicht gutgetan, mich zu heiraten. Ich habe ihm alles versaut.

Jean Ferrero dreht ihr den Rücken zu, öffnet den Reißverschluß seiner Lederjacke und legt sie auf die Brüstung. Die Sommerhitze hat eingesetzt. Sie wird schwanken, kühler werden, viel heißer werden, in Gewitter ausbrechen, denen heftiger Wind vorangeht, wird tagelang unter einem milchigen Dunst schlummern, doch die Hitze auf der Südseite der Alpen wird jetzt drei Monate lang anhalten. Und das verringert die Zukunftsangst. Es mag Verzweiflung geben, besonders die Verzweiflung der Langeweile, oder die plötzliche verderbliche Raserei der Erschöpfung. Aber die Bedrohung durch die Zukunft als etwas Unvorhergesehenes nimmt ab. Jeder Tag führt zum nächsten, der mehr oder weniger gleich ist.

Ohne Ihre Jacke sind Sie besser dran. Die Frau befühlt das Leder, das auf der Brüstung liegt. Gute Qualität!

Jean Ferreros Hemd hat Schweißflecken.

Ich versuche, ihn immer voller Dinge zu haben, die er mag, den Kühlschrank, oder die er früher mochte, sagt sie. Jeden Tag nehme ich etwas für ihn heraus. Manchmal versuche ich, ihn zu überraschen, es ist ein Mittel, ihn zu einem Lächeln zu bringen. Jeden Tag lege ich auch wieder etwas hinein. Es ist wie das Packen für eine Reise. Es ist eine Kunst, ihn vollzupacken, denn es ist ein sehr kleiner Kühlschrank, er stammt aus einem Wohnwagen. Der Wohnwagen wurde verschrottet. Ihn für ihn immer voll zu haben, das ist meine Aufgabe.

Drei junge Männer in Jeans bewundern das Motorrad am Bordstein.

Bellissima!

Dreihundert Stundenkilometer!

Die Tachos übertreiben, aber eine schöne Maschine.

Wieviel, glaubt ihr, daß sie wiegt?

Sie ist schwer.

Schwer und schnell.

Schaut euch den Doppelscheinwerfer an.

Abbagliante! Blendend

Mein Mann macht die Tür des *frigo* auf, sagt die Frau, aber nur, um etwas zu finden, was er dem Hund geben kann. Er hat jeden Appetit verloren, mein Mann. Für den Hund gehe ich zu den Restaurants. Aber nie habe ich – das ist eine Frage des Stolzes –, nie habe ich meinem Mann irgend etwas vorgesetzt, was man mir an der Hintertür eines Restaurants gegeben hat. Nur was ich mit meinen eigenen Händen zubereitet habe, ist gut genug für ihn. Es ist eine lebenslange Aufgabe. Eines Tages wird er nichts mehr essen können, nicht einmal die Tortellini, die er früher so gern mochte, und sie werden ihn dort drüben auf dem Friedhof begraben, und der Kühlschrank wird auf den Müll geworfen.

Der Barbier in der Asklipiou-Straße hatte den Finger der linken Hand oben auf meinem Kopf, um ihn ruhigzuhalten, und er rasierte mir mit seinem Messer den Nacken aus. Ich verlor die Stimme der alten Frau, und eine andere stellte sich ein.

Vor fünfhundert Jahren, sagt diese Stimme, disputierten drei Weise vor Nushiran, dem Gerechten, über die schwerste Welle in diesem tiefen Meer der Sorgen, welches das Leben ist. Jetzt erkenne ich die Stimme. Sie gehört Jari aus Alexandria, der einen gern unterbricht. Ein Weiser sagte, es seien Krankheiten und Schmerz, fährt Jari fort. Ein anderer sagte, es seien Alter und Armut. Der dritte Weise sagte mit Nachdruck, es sei das

Herannahen des Todes, wenn man keine Arbeit habe.
Am Ende waren sich die drei einig, daß letzteres vermutlich das Schlimmste sei. Das Herannahen des Todes, wenn man keine Arbeit habe.

Er fängt fast nie was, sagt die alte Frau an der Brüstung zu Jean – fast nie. Ich habe es nur zweimal erlebt. Wissen Sie, wofür er eine Schwäche hat? Ich werde es Ihnen sagen. *Quaquare di limone!* Er liebt Quaquare.

Jean Ferrero starrt in das trübe Wasser des Flusses, das nie zu fließen aufhört.

Die alte Frau mit ihrer Engelshand öffnet ihre Geldbörse und verkündet: Ich habe nicht genug. Ich habe sechstausend, das ist die Hälfte von dem, was eine Packung kostet! Er ißt sie zu seinem schwarzen Kaffee, nach seiner Siesta. Wäre eine Schachtel Quaquare di limone vielleicht etwas, was wir ihm gemeinsam bieten könnten, *Signore*, wir beide?

Der Eisenbahner sucht in der Tasche seiner Lederjacke nach Geld.

Ich habe meinen Namen schreiben gelernt: Ninon. Ich sitze am Küchentisch, und ich schreibe. Der Buchstabe N geht wie eine Hundezunge, der Buchstabe I sprießt wie ein Keim, der Buchstabe N geht, wie ich schon gesagt habe, das O ist ein Bogen, und N ist N. Jetzt kann ich meinen Namen schreiben: NINON.

. . .

Jean Ferrero sitzt an einem Kaffeehaustisch unter den ockerfarbenen Arkaden in der Via Po. Vor ihm befinden sich ein Cappuccino und ein Glas eiskaltes Wasser. Nichts sonst sprüht in dieser Stadt wie solch ein Glas Wasser. Er lehnt sich in seinem Stuhl zurück; er hat die Berge überquert. Wahrscheinlich ist sein Großvater einst einmal nach Torino gekommen, um mit einem Notar einen Streitfall zu bereden. Heute sind die Arkaden von der Farbe alter Akten, deren Etiketten viele Male geändert wurden. Als er ein Lachen hört, hebt er den Kopf. Es braucht einige Zeit, bis er den Ursprung des Lachens ausmachen kann. Es ist das Lachen einer Frau. Nicht unter der Arkade, nicht an der Bar, nicht beim Zeitungskiosk. Das Lachen klingt, als käme es von einem Feld auf dem Lande. Dann entdeckt er sie. Sie steht an einem Fenster im zweiten Stockwerk auf der anderen Straßenseite und schüttelt ein Tischtuch oder eine Bettdecke aus. Eine Straßenbahn fährt vorüber, doch er hört immer noch ihr Lachen, und sie lacht immer noch, als die Straßenbahn vorbeigefahren ist, eine Frau, die nicht mehr jung ist, mit schweren Armen und kurzem Haar. Es ist unmöglich zu sagen, worüber sie lacht. Wenn sie aufhört zu lachen, wird sie sich hinsetzen müssen, um wieder zu Atem zu kommen.

Gino ist in mich verliebt. Ich bücke mich. Wenn ich mich aufrichte, werden meine Knie faltig sein, und die Falten werden lächeln. Meine Mitte ist ein Rätsel. Es beginnt bei den Rippen und endet wie mein Kleid gerade über den Falten. Wie schön ich für ihn werde.

Ich rieche leichtes Ammoniak, feuchtes Haar und Festiger. Ich höre das Surren eines großen Haartrockners und das Singsang-Gespräch von Frauen, die Slowakisch sprechen. Darunter auch Zdena.

Ich möchte ein paar Strähnchen, sagt Zdena, nicht überall, nur hier, wo es herabfällt.

Sie spricht mit einer jungen Frau, die ein schwarzes T-Shirt und eine weiße Hose trägt. Das schwarze Haar der jungen Frau, das sie hochgesteckt trägt, ist weiß gefleckt, wie ein Hermelin schwarz gefleckt ist.

Etwa diese Tönung? fragt das Mädchen mit der Stimme und dem Akzent eines Menschen vom Lande.

Genau, nicht mehr, sagt Zdena und schließt die Augen, während sich die junge Frau Plastikhandschuhe über die großen Hände zieht.

Ich heiße Linda, sagt die junge Frau. Es ist das erste Mal, daß Sie herkommen, nicht?

Ja, das erste Mal.

Seit 1991 haben einige neue Friseursalons in Bratislava eröffnet, mit einem neuen Stil, der zuerst jedermann schockierte, die jungen Leute ausgenommen. Die früheren, staatlichen Friseurgeschäfte glichen unordentlichen Küchen und waren auf Dauerwellen spezialisiert. Die neuen erheben Anspruch auf den Chic von Automobilsalons.

Gehen Sie heute abend auf eine Party? fragt Linda.

Ich gehe zu einer Hochzeit.

Ganz sorgfältig, weil es die erste Strähne ist, in die sie die weiße Paste gekämmt hat, arrangiert Linda mit ihren behandschuhten Fingern die Silberfolie.

Eine Hochzeit. Sie Glückliche. Morgen?

Mit großer Konzentration behandelt sie die zweite Strähne. Es ist die weiße Paste, die nach Ammoniak riecht.

Morgen?

Übermorgen, in Italien.

In *das* Land möchte ich mal fahren!

Mit den vereinzelten weißen Strähnen, die auf der Silberfolie liegen, und den geschlossenen Augen ähnelt Zdena allmählich einem Emblem des Mondes.

Wir brauchen kein Visum mehr, oder? fragt Linda.

Nein, für Italien nicht.

Sie haben sicher schon entschieden, was Sie anziehen?

Ja, ein Kleid von meiner Mutter.

Von Ihrer Mutter!

Sie hat es vor dem Krieg in Wien machen lassen. Sie trug es, wenn sie Konzerte gab.

Jetzt ein wenig nach links neigen ... also sind Sie Musikerin?

Nein, ich nicht, meine Mutter, die war eine Zeitlang Pianistin.

Ich würde sie gern spielen hören.

Leider ist sie tot.

Haben Sie es auf Motten überprüft? Das Kleid, meine ich. Das können wir jetzt so lassen.

Es ist tiefgrün und golden, mit Spitzen, sagt Zdena.

Die Art von Kleidern ist jetzt wieder im Kommen. Wenn ich heiraten würde, würde ich auch ein solches Kleid tragen. Falls das je vorkommen sollte, könnten Sie es mir dann vielleicht leihen?

Wenn Sie wollen.

Wir haben etwa dieselbe Größe. Sie wirken größer wegen Ihrer Schuhe. Bei dieser Arbeit muß man Sandalen tragen, sonst steht man das nicht durch. Wir haben einen Zwölfstundentag. Meinen Sie das wirklich? Sie würden es mir leihen?

Ja.

Nicht daß ich einen Mann im Sinne hätte, weit davon entfernt. So, jetzt brauchen wir nur noch zu warten. Sie haben natürlich recht, heutzutage ist es besser, ins Ausland zu heiraten.

Linda überläßt Zdena mit ihren geschlossenen Augen und der silbernen Aureole um den Kopf sich selbst.

Ich sehe eklig aus. Was wird Gino sagen? Wie eine alte Kartoffel, die im Frühjahr aus dem Keller geholt wird. Fauliger, süßlicher Geruch, wenn man sie kocht. Aufgedunsene Haut. Herpes auf der Lippe, Ringe unter den Augen. Und mein Haar, das sieht vielleicht aus. Ob ich es tönen lasse? Ein Schimmer von Smaragd. Scheiß drauf. Wenn ich es mir ausreiße? Reiß es aus, rupf es aus, wie eine

Witwe! Au! Au! Schau! Straff zurückgekämmt ist es gar nicht mal so schlecht, oder? Straff gekämmt, total straff, so glänzt es, mit dem Profil von Nofretete und meiner Art, den Kopf zu halten. Ich brauche ein Samtband, im Moment tut's auch ein Gummiband.

Linda kehrt zurück, sie hebt eine der behandelten Strähnen hoch und untersucht sie sorgsam. Dann fängt sie an, die Metallfolie zu entfernen. Wir können es jetzt waschen, sagt sie. Ich habe eine Freundin aus Teplice, und die hat Glück gehabt. Wie Sie hat sie einen Ausländer gefunden, einen Deutschen aus Berlin. Ein Glücksfall unter tausend. Ist es so bequem im Nacken? Es sieht schlimm aus dort in Teplice, wirklich schlimm, schlimmer als hier. Sie und ein paar von ihren Kameradinnen haben die Autobahn gemacht. Sie wissen schon... für Fernfahrer. Besonders für die Deutschen, die haben das Geld. Sie hat das seit etwa einem Monat gemacht, und dann trifft sie auf diesen Mann, Wolfram. Ein Glücksfall unter tausend. Am selben Abend sagt er zu ihr: Komm nach Berlin. Und sie geht. Ist das Wasser zu heiß? Wir müssen es viermal spülen. Und dort in Berlin sagt er zu ihr, daß er sie heiraten will! Warum nicht? fragt sie mich am Telephon, ich glaube, Wolfram liebt mich. Ein Glücksfall unter tausend.

Mit ihren starken Fingern massiert Linda Zdenas Kopfhaut.

Was für Gefühle hat Ihre Freundin aus Teplice für ihn? fragt Zdena.

Während sie ihre Fingernägel wie einen Kamm benutzt, sagt Linda: Was für Gefühle haben Sie für Ihren Italiener?

Es handelt sich nicht – Zdena hält mitten im Satz inne, als wäre die Mühe, das Mißverständnis aufzuklären, zu groß. Ich glaube, ich liebe ihn, sagt sie.

Gewiß, sagt Linda, die jetzt Zdenas Haar mit einem Handtuch kräftig trockenreibt, Sie sind nicht im selben Alter, und das macht schon einen Unterschied, das darf man nicht vergessen, aber so viel dann doch nicht, irgendwo ist es dasselbe Problem, nicht wahr? Sie schaltet den Trockner ein, und die beiden können sich nicht mehr unterhalten.

Nachdem letzte Hand angelegt ist, prüft Zdena die Wirkung im Spiegel.

Es ist wirklich ganz leicht, sagt Linda, nicht zu golden, weniger hätte ich nicht machen können.

Sie hält einen zweiten Spiegel in Form eines Triptychons mit goldenem Rahmen hoch, so daß ihre Kundin sich von den Seiten und von hinten sehen kann. Sie berührt eine Locke in dem immer noch jugendlichen Nakken ihrer Kundin.

Um so besser, sagt Zdena ganz sanft. Damit meint sie: Je besser ich aussehe, desto weniger Anlaß zur Sorge werde ich Ninon geben.

Und Linda antwortet lächelnd: Ich wünsche Ihnen mit ihrem Italiener von Herzen alles Gute, wirklich und wahrhaftig!

Marella erzählte mir, daß Dr. Gastaldi ganz in Ordnung gewesen sei, als sie ihn wegen eines geschwollenen Knies aufgesucht hatte. Ich suchte ihn auf, weil bei mir der Herpes am Mund nicht weggehen wollte. Er gab mir eine Salbe und sagte, er würde ganz gern auch ein paar Bluttests machen lassen. Seine Schreibtischplatte hatte ein Intarsienbild, auf dem Kamele vor den Pyramiden zu sehen waren. Aus einer seiner Westentaschen nahm er ein Vergrößerungsglas, um meine Fingernägel zu betrachten. Kauen Sie daran? fragte er. Ich antwortete nicht: das konnte er doch selbst sehen.

Wir werden bald Klarheit haben, sagte Dr. Gastaldi und steckte die zehntausend ein.

Östlich von Torino, wo die Straße auf der südlichen Seite des Po verläuft, hat jemand den Namen RITA in weißer Farbe an eine hohe Backsteinmauer geschrieben. Einen halben Kilometer später steht wieder dieselbe RITA geschrieben, diesmal an der fensterlosen Wand eines Hauses. Das dritte Mal findet sich RITA am Boden, auf dem Asphalt eines Parkplatzes. Viele Orte sind nach Menschen benannt. Nach historischen Umwälzungen werden die Namen ausgetauscht. Die Straße mit Ritas Namen wird immer Ritas Straße bleiben für den, der in sie verliebt war, den, der eines Nachts hinausging – ein wenig betrunken oder ein wenig verzweifelt, wie es eben ist, wenn man in Rita verliebt ist – mit einem Malerpinsel, einem Schraubenzieher mit Weiß am Griff und einer Büchse weißer Farbe.

Dr. Gastaldi hält die Tür auf und bittet mich, Platz zu nehmen. Dann setzt er sich hinter seinen Schreibtisch – von wo aus er die Pyramiden und die Kamele richtig herum sieht –, und mit der Brille auf der Nase geht er ein paar Papiere durch, als suche er nach einer Telephonnummer. Er sieht aus, als hätte er eine schlechte Nacht gehabt.

Ich habe seit Tagen darauf gewartet, daß Sie kommen, sagt er.

Es ist weg, sage ich.

Ich fürchte, Sie müssen für ein paar weitere Tests ins Krankenhaus.

Ich berühre meine Lippen und beharre: Es wird besser, Herr Doktor. Das können Sie vergessen.

Ich fürchte, es ist nicht nur Ihre Lippe. Dr. Gastaldi murmelt immer noch in seine Papiere hinein. Dann blickt er auf und sieht mich an, seine Augen hinter der Brille sind wie entzweigeschnittene Pflaumen, und er sagt: Ihre Bluttests, meine Liebe, waren ein Schock, doch ich habe die Pflicht, Ihnen die Wahrheit zu sagen. Wissen Sie, was seropositiv ist? HIV.

Ich bin doch nicht von gestern.

Ich fürchte, das haben sie ergeben. Haben Sie je gefixt?

Haben Sie je masturbiert, Herr Doktor?

Ich weiß, es ist ein schrecklicher Schock.

Ich verstehe nicht, was Sie meinen.

Sie haben sich mit dem HIV-Virus angesteckt.

Da liegt ein Irrtum vor. Die müssen die Blutproben verwechselt haben.

Ich fürchte, das ist sehr unwahrscheinlich.

Natürlich haben die sie verwechselt! Sie müssen einen weiteren Test machen. Die irren sich. Die irren sich doch immer.

Ich betrachte die auf dem Kopf stehenden Pyramiden. Papa, hörst du mich? Ich bin vierundzwanzig, und ich werde sterben.

Als der Eisenbahner bei San Sebastiano den Po überquert, wo der Fluß bereits breiter ist als ein Dorf lang, fährt er langsam, mit nur einer Hand. Vor ihm ist kein Fahrzeug.

Ich rufe Marella an und bitte sie vorbeizukommen. Ich muß reden. Ich erzähle ihr, was passiert ist. Jesus Christus! sagt sie.

Nachdem er die Brücke überquert hat, hält der Eisenbahner an, setzt beide Füße auf den Boden und sieht zum Himmel hinauf, läßt die Arme schlaff herabhängen.

Als ich heute morgen aufwachte, habe ich nicht daran gedacht. Ein paar Sekunden lang. Für ein paar Sekunden hatte ich vergessen. Ich habe nicht daran gedacht. Guter Gott.

Der Eisenbahner packt die Griffe, bringt den Motor auf Touren und schaltet in den ersten Gang.

Ich habe eine Verabredung mit Gino in Verona, und ich werde nicht hingehen. Nein. Niemals.

Der Eisenbahner ist hinter einer Schilfböschung verschwunden, er fährt jetzt schnell, als hätte er sich anders besonnen.

Hör zu, Marella, was Gino in einem Brief schreibt, der heute morgen gekommen ist: Ich trage das T-Shirt mit Vialli, schreibt er, weil Du gesagt hast, daß er Dein Lieblingsfußballer ist. Sollen wir am Dienstag zusammen ans Meer fahren? Ich sehe Dich die ganze Zeit über vor mir, Ninon. Ich baue auf der Piazza Marconi meinen Laden auf, und ich sehe Dich am anderen Ende der Menschenmenge. Ich bin in Parma, und Du bist in Modena, und ich sehe Dich fünf- oder sechsmal am Tag. Ich erkenne Deinen Ellbogen und die Art, wie Du Deinen Arm durch den Riemen Deiner weißen Schultertasche steckst, und das Kleid aus krauser Chinaseide, das Du trägst, mit orangefarbenen Flammen auf der rechten Hüfte. Ich sehe Dich, weil Du mir unter die Haut gehst. Gestern, Sonntag, habe ich dreiundvierzig Ricci-Hemden verkauft. Ein guter Tag. Habe etwa eineinhalb Millionen verdient. Noch ein ganzer Sommermonat so, habe ich mir gesagt, und wir gehen, Ninon und ich, und kaufen Flugtickets nach Paris. Ich liebe Dich. – Gino. Ich habe den Brief zerrissen, Marella, und ihn im Klo weggespült. Das erste Mal wollte er nicht verschwinden. Das Papier ging nicht unter.

Die Straße führt zwischen zwei großen bäuerlichen Anwesen hindurch, jedes mit seinem Hof, seinem Tor und seinen rechteckigen Gebäuden. Außerhalb der Städte ist jede Wohnstatt in dieser Ebene rechteckig, um dem endlosen Raum, der alles zwergenhaft erscheinen läßt, ein wenig Widerstand entgegenzusetzen. Als der Eisenbahner und sein Motorrad vorüber sind, ist es auf den beiden großen Bauernhöfen still.

Ich liege auf einer Krankenbahre, Papa, und man rollt mich irgendwo einen Korridor entlang, zwei Männer in Weiß, die an irgend etwas anderes denken, aber nicht an mich. Wo bringen Sie mich hin? frage ich. In die Station für Endokrinologie, sagt einer von ihnen freundlich. Ich verstehe nicht. Es ist ohnehin nur ein Detail, und auf einer Bahre wie dieser, mit Rollen, die sich in alle Richtungen drehen, werde ich auch hinausgerollt werden.

Im Dorf Crescentino setzt sich von der Kirche aus eine Begräbnisprozession in Gang, und der Eisenbahner ist gezwungen hinterherzufahren, so langsam wie die letzte Gruppe der Trauernden, Männer mit Hüten, die mit gesenktem Kopf einhergehen.

Marella ruft an. Sie weint nicht mehr, und so tue ich es auch nicht. Wir wollen es nicht SIDA nennen, sagt sie, unter uns, nur für uns beide, nennen wir es STELLA.

Nichts verbirgt so gut wie Flachheit. In der Ebene, durch die der Eisenbahner fährt, weiß ein Mann nichts von der Gewalttätigkeit der letzten Nacht, bis er über den Körper stolpert.

Marella, ich habe wieder einen Brief von Gino: Ninon, heißt es darin, Ninon, ich verstehe nichts. Du hältst mich hin. Du gibst den Schildkrötenring zurück. Du steckst ihn ohne ein Wort in meinen Briefkasten. Du kommst den ganzen Weg bis Cremona, und Du willst mich nicht sehen. Ich weiß nicht einmal, wann Du diesen Brief bekommst. Aber ich werde Dich finden, und ich werde Dich lieben. Eines Morgens, wo immer Du auch bist, wachst Du auf, und Du wirst meinen Mercedes mit der Anschrift VESTITI SCIC auf den Seiten vor Deiner Haustür stehen sehen. Und an dem Morgen gehst du besser wieder ins Bett. NINON + GINO = AMORE.

Diesen zerreiße ich nicht. Ich antworte ihm auf einer Postkarte, die ich in einen Umschlag stecke. Auf der Postkarte teile ich Gino mit, daß er einen Test machen muß, um zu sehen, ob er seropositiv ist. Ich sage nichts über mich, weil es da nichts zu sagen gibt. Es ist offenkundig. Die Postkarte zeigt Vialli, wie er ein Tor schießt.

Der Eisenbahner durchquert jetzt Reisfelder, die sich bis zum Horizont dehnen und die wie hundert unregelmäßige Spiegel glänzen. Auf der Oberfläche ist ein grünes Filigran, das aus den Rispen der ersten Reisernte besteht. Die Reisfelder waren Teil eines Traums von Cavour, in dem er Italien ein reiches Land werden sah. Ein Kanal wurde für die Reisfelder gebaut. Und hier wurde 1870 der erste lange, glatte, milchige, helle italienische Reis, der wie kein anderer im Mund zergeht, gepflückt und getrocknet und in Säcke geschüttet.

Ich habe nichts. Alles, alles, alles, alles, alles, was ich hatte, ist mir genommen.

Nichts bewegt sich auf dem ruhigen Wasser. Die unregelmäßigen Spiegel reflektieren das Himmelslicht. Keine Farben. Nur der Eisenbahner auf seinem Motorrad bewegt sich. Er fährt sehr schnell.

Die Gabe, mich zu geben, ist mir genommen. Wenn ich mich biete, biete ich den Tod. Immer, bis zu meinem Todestag. Wenn ich die Straße entlanggehe und die *ragazzi* mich anschauen, werde ich daran erinnert, daß ich die ganze Zeit der Tod bin. Komm mir nur nahe genug, einmal, zweimal oder hundertmal, und angenommen, ich liebe dich, so wirst du sterben. Nicht, wenn du ein Kondom benutzt, heißt es. Mit einem Kondom ist Latexgummi zwischen dir und deinem Tod, und Latexgummi zwischen dir und mir. Latexeinsamkeit. Latexeinsamkeit auf immer und ewig. Nichts kann künftig berühren.

Er durchquert das Silberwasser, wobei er sein Tempo kaum vermindert, wenn er in die Kurve geht, er bewegt sich wie Quecksilber, selten aufrecht, oft geneigt, als lausche er der Erde, erst auf der einen Seite, dann auf der anderen, er neigt sich, um voller Mitleid zu lauschen.

Alles, was ich zu bieten hatte, so alt wie die Welt, gottgegeben, Balsam für Schmerzen, Honig für die Geschmacksknospen, Verheißung auf immer, seidiges Willkommen, ach, willkommen zu heißen, willkommen zu heißen, die Knie zur Seite gedreht, die Zehen gestreckt – alles, was ich hatte, ist mir genommen.

Es gibt keine Wände, keine Böschungen oder Felsen, die den Klang der Maschine zurückwerfen könnten, und so ist für den Eisenbahner das Geräusch seines Motors unhörbar. Er vernimmt nur das Geräusch sausender Luft – wie in einer spiralförmigen Muschel, wenn man sie an das Ohr hält. Je schneller er fährt, desto lauter das Sausen. Und in diesem schüttelnden, anprallenden Luftstrom fliegen die Stimmen.

Ich mußte zwei Photos von mir schicken, eine Photokopie meines Personalausweises und eine Stromrechnung, um zu beweisen, wo ich wohne.

Auch ich, angesichts deines erbarmungswürdigen Schicksals, sagt Euripides, werde mein trauriges Leben in Tränen verbringen.

Dann kam ein Brief, der mir mitteilte, daß meinem Ersuchen stattgegeben worden war und daß ich mich am Donnerstag um drei Uhr nachmittags bei der Maison d'Arrêt in Nantes einfinden solle.

· · ·

87

Die Straße des Eisenbahners führt durch ein Dickicht von Weidenbäumen. Der Baum, von dem Orpheus ein Zweiglein nahm, als er sich aufmachte, um Eurydike zu finden: der Baum, dessen Rinde Salicin enthält, das als Schmerzmittel wirkt, wie Aspirin.

Ich fand das Gefängnis in einer engen Straße an einem Hügel, vom Bahnhof etwa eine halbe Stunde zu Fuß.

Ich bestellte in der nächstgelegenen Bar einen Kaffee und ein Sandwich. Ich war mir nicht sicher, was ich tun würde, wenn ich mich ihm gegenübersah. Woher ich wußte, daß er es war, konnte ich niemandem erklären. All die Labortests, denen ich mich unterzogen hatte, waren die eine Sache; mein Körper aber hatte sein eigenes Labor, und die Ergebnisse dieses Labors sagten mir schlüssig, daß er es war. Er war es, und ich wollte, daß er mich sah, mich, deren Leben er ein Ende gesetzt hatte. Noch bin ich nicht verunstaltet, und so wird er wissen, wenn er mich jetzt sieht, was er getan hat, und er wird die Ungeheuerlichkeit begreifen. Dann werde ihn ihn töten.

Im Gefängnis nehmen zwei Wärterinnen mir meine Handtasche ab, sie filzen mich und zwingen mich dazu, mich vor ihnen zu drehen. Ein Knastwärter nimmt meine Papiere an sich.

Die blauen Augen des Kochs, sein kurzgeschnittenes Haar, die Knöchel haben sich nicht verändert. Er ist dünner. Er sitzt verdreht da, und seine Füße sind größer denn je. Ich hasse ihn. Woran erinnert sich der Dreckskerl, als er mich näher kommen sieht? Sein Lächeln ist falsch.

Die Wellen sagen sch! sagt er, und er nickt zu dem Wärter hin, der auf einem Sessel postiert ist, in zwei Metern Entfernung.

Er will mich warnen, ich soll nicht vor dem Aufpasser reden. Reden worüber?

Du weißt, warum ich dich besuchen komme.

Er sagt nichts.

Ich bin gekommen, um dich zu töten.

Es ist so lange her ...

Drei Jahre, sage ich.

Ich bin am nächsten Tag gekommen, um dich zu suchen.

Einmal war genug! sage ich zu ihm.

Er senkt den Kopf.

Sie haben mich in dem Restaurant geschnappt, sagt er schließlich.

Ich bin gekommen, um dich zu töten. Verstehst du?

Du hast dich kein bißchen verändert, sagt er, du bist so keß wie eh und je! Und er lächelt ein echtes Lächeln.

Es ist schrecklich, dieses Lächeln. Es zeigt die ganzen Verwüstungen. Er ist nicht nur dünner, er ist wie ein Skelett. Ich denke an die Soldaten in dem Zug und in unserem Tunnel. Am Ende seines Tunnels steht der Tod, und sein Zug ist fast schon dort. Auf seinem Gesicht sind Flecken wie verbranntes Papier. So werde ich in einem Jahr sein oder in zwei, oder drei, oder vier Jahren – die letzte Zahl ist eine Lüge, ich werde bald schon so sein, sehr bald.

Ich lebe in Italien, und ich bin die tausend Kilometer hergekommen, um dich zu töten.

Er glaubt mir. Der Aufpasser liest, gelangweilt.

Ich sterbe sowieso, flüstert er.

Ich auch! sage ich zu ihm. Im Alter von vierundzwanzig sterbe ich, ich bin wie du!

Wenn aus einer kleinen Angst eine große wird, weiten sich die Pupillen. Das geschieht jetzt mit seinen Augen.

Das kann nicht sein, flüstert er mit versagender Stimme.

Das habe ich auch gesagt. Ich habe gesagt, das kann nicht sein! Und doch ist es so!

Jesus!

Fünf Minuten vergehen, ohne daß einer von uns ein Wort sagt. Unsere Augen wandern über den anderen hin, sie bewegen sich von einem Beweisstück zum nächsten: Handgelenke, Schlüsselbeine, Halssehnen, Ohrläppchen, Haaransatz, Tränensäcke unter den Augen, Nasenhaar, abgesplitterte Zähne, Schädel, Beckenknochen. Dann begegnen sich unsere Augen. Ich schaue in seine blauen Augen, und er schaut in die meinen.

Verzeihung, murmelt er.

Dieselben beschissenen Worte, denke ich, dieselben Worte, die sie benutzen, wenn sie rülpsen oder furzen oder dir auf den Zeh treten. Und ich schreie, so laut ich kann.

Ich muß sehr laut geschrien haben, denn der Aufpasser ist schon an meinem Ellbogen, mit einer Faust zwischen meinen Schulterblättern, und er drängt mich aus dem Besucherzimmer.

Ich glaube, ich habe geschrien: Uns ALLEN wird verziehen! Hörst du mich, Koch? Hörst du mich, Aufpasser? Uns allen wird verziehen!

Die Straße ist frisch mit Rollsplitt ausgelegt, und so verlangsamt der Eisenbahner die Fahrt.

Papa stieg von seinem Motorrad, und aus seiner Lederjacke zog er die Schachtel mit einem Geschenkband darum. Darin waren Les Coussins de Lyon. Es waren Kissen, doch sie waren nicht größer als die Höhlung eines Teelöffels! Ihre Farbe, ein wunderschönes Grün mit Silberkörnern darin, ließ mich an Satin denken. Und man konnte ihrer Form ansehen, daß die winzigen Kissen so weich wie Kopfkissen gewesen wären – wenn es wirklich Kissen gewesen wären! Das waren sie natürlich nicht. Sie waren zu klein, und das Silber war Zucker und das Grün war Pfefferminze und die Masse war Marzipan. Wenn man in eins hineinbiß, gingen die Zähne durch die Marzipanhülle und fanden Trüffelschokolade. Was ich an dem Abend, als Papa aus Grenoble zurückkam, nicht aß, nahm ich am nächsten Tag mit in die Schule, um es mit Gyel und Jeanne und Annette zu teilen, und wir waren uns alle einig, daß wir nur Männer heiraten würden, die uns einen beständigen Nachschub an Coussins de Lyon versprechen konnten!

Von der Straße geht ein Teergeruch aus.

. . .

91

Frederico

Ich habe mehr alte Freunde auf dem Friedhof, Gino, als in der Paradiso-Bar. Es liegt in der natürlichen Ordnung der Dinge, daß ich vor dir da oben lande, solange du keine Dummheiten machst. Ich weiß, wovon ich rede, ich bin mit einigem fertig geworden, Gino. Seit deine Mutter gestorben ist, haben wir kein einziges Mal gestritten, du und ich. Ich erwarte nicht von dir, daß du handelst wie ich – du handelst auf deine eigene Weise. Und ich bin stolz auf dich. Aber heute abend habe ich ausnahmsweise etwas zu sagen, hör mir also zu. MACH SCHLUSS, GINO. Zieh einen sauberen Strich. Das wollte ich dir sagen. MACH SCHLUSS. Ich kenne die betreffende Mina nicht, ich bin ihr noch nie begegnet. Sie ist Französin, hast du gesagt. Die sind flatterhaft, die Franzosen. Heute hier, morgen da. Deine Mina mag die Ausnahme sein, sie mag der beste Dauerbrenner sein, deine Mina mag so schön wie Gina Lollobrigida sein, aber ihr ist nicht zu helfen. Wenn sie mit diesem Greuel infiziert ist, dann ist ihr nicht zu helfen. Schlimmer noch, sie ist gefährlich. Es ist jammerschade, wenn du drüber nachdenkst. Sie trifft auf eine Gruppe von *cocaini*, sie setzen sich gemeinsam einen Schuß, sie teilen sich eine Nadel, sie teilen sich einen Trip, und jetzt teilen sie sich den Tod. *Povera pupa!* Doch dadurch wird sie nicht weniger gefährlich, Gino. Du handelst auf deine Weise, aber sie ist gefährlich. Sie braucht nur ein Taschentuch fallen zu lassen, und schon überträgt sie den Dreck auf dich. Laß sie laufen, Gino. Mir kommt es vor, als bäte sie dich eben darum. Erklär dich einverstanden. Laß sie laufen ... MACH SCHLUSS. Sonst wirst du als erster auf dem Friedhof liegen.

Jean Ferrero verläßt die Hauptstraße, um durch das Städtchen Casale Monferrato zu fahren. Die Straße mit den Doppelarkaden, die er jetzt nimmt, ist sehr eng. Über den Dächern und in den Durchlässen zwischen den Häusern liegt ein schwacher säuerlicher Geruch nach Wein. Der gesamte Wein der Region wird hierher geliefert und hier verkauft. Die Arkaden neben der Straße sind so schmal wie Ninons Zimmer in Zdenas Wohnung. Am Ufer des Po steht ein Château für die Herzöge von Monferrato, wo Cavour einmal zu Gast war.

Im Fahrstuhl des Krankenhauses starren die Leute mich an. Besucher, Reinigungspersonal, Patienten, Studenten. Alle wissen sie Bescheid. Sie wissen nicht, wie lange, sie wissen nicht, wann. Sie kennen meine T4-Zählung nicht. Und doch wissen sie Bescheid. Ich sehe es sofort an ihren Augen. Was sie ihren Augen nach miteinander verbindet, ist wichtiger als alle ihre Unterschiede. Wenn ich jemanden ausmachen, der nicht Bescheid weiß, möchte ich ihr oder ihm die Augen küssen. In den Augen der anderen, derjenigen, die denken, Sie Hat Es, da steht Entsetzen. Entsetzen kann mit einer Art von Mitleid einhergehen. Wahres Mitleid ist anders. Wahres Mitleid ist, was die Witwe Bosson für den Mann empfand, der unter dem Zug in Maurienne festsaß. Entsetzen ist Entsetzen, selbst wenn es klein ist und unter Kontrolle und mit Mitleid einhergeht. Im Fahrstuhl starrt mich siebzehnmal Entsetzen an. Ich zähle. Wir sind noch nicht im Stockwerk der Gastroenterologie angekommen. Also strecke ich die Zunge heraus, wobei ich mir sage: Wenn einer von ihnen lächelt, werde ich heute nacht eine gute Nacht verbringen. Kein Lächeln. Als ich mich im fünfzehnten Stockwerk hinausdränge, murmelt ein Student: Puttana!

Bei der Ausfahrt aus Valenza am Südufer des Po warnen die Straßenschilder vor einer S-Kurve. Jean Ferrero läßt den Motor aufheulen, schaltet in den dritten Gang hinunter, fährt den Scheitelpunkt an, um die Rechtskurve zu nehmen und bleibt einen Sekundenbruchteil länger in Schräglage, als es die Sicherheit erfordern würde, um dem rechten Bankett so nahe wie möglich zu kommen, und in dem Moment verlagert er mit dem Hintern das Gewicht und legt sich in die noch schärfere Linkskurve. Als sich danach die Ebene vor ihm ausbreitet, beschleunigt er wider Erwarten nicht, sondern schaltet über den zweiten Gang hinunter in den Leerlauf und stellt das Motorrad am grasbewachsenen Straßenrand ab.

Als der Eisenbahner in die Kurve bog, hatte er etwas gesehen. Jetzt geht er zu Fuß zurück. Ein Heiligenschrein am Straßenrand, etwa von der Größe einer Telephonzelle. Die obere Hälfte der verrosteten Tür weist ein offenes Eisengitter auf. Unter der Steinwölbung drinnen steht auf einem Brett eine Madonnenstatue. Hinter ihr sind Blumen auf eine abblätternde blaue Wand gemalt. Mit beiden Händen hält sich Jean locker an den Gitterstäben fest und späht hindurch. Die Ma-

94

donna hat ein blaues Gewand, und Hals und Gesicht sind blaßrosa. Ihr Kopf ist geneigt, und die Arme, die locker herabhängen, sind so gedreht, daß er die Handflächen sieht. Seit seiner Kindheit hat Jean nicht mehr gebetet, und damals waren die Gebete eine Art Rezitation, die der Curé dirigierte wie ein Kapellmeister. Wie fängt man es an? Er ist ein praktischer Mann. Er kann an der Hintertür unten eine Klappe einbauen, so daß ein Welpe und die Katzen durchschlüpfen können, doch wie betet man durch ein Eisengitter? Ich lese die Frage durch seine Schulterblätter, während er da steht. Und ich weiß, wie er antwortet. Wenn er ein Fenster einpaßt oder eine Tür einhängt, präsentiert er sie zuvor, er hält sie empor gegen den Raum, den sie einnehmen sollen; denn dann sieht er leichter, was als nächstes zu tun ist. In ebendieser Weise beginnt er damit, ihrer aller Schmerz zu präsentieren. Ihn der Statue zu präsentieren. Durch seine Schulterblätter höre ich die Worte.

Das Beten bin ich nicht gewöhnt. Sehe ich dich an dabei? Du siehst herab, also werde ich dasselbe tun. Sie wird sterben. Auf schreckliche Weise sterben – doch zuerst erkrankt sie immer schlimmer. Ohne Abwehr. Diese Krankheit ist nicht wie andere. Das sagen sie nicht, sie nennen es ein Retrovirus. Als ob es das ausdrückte. Bei anderen Krankheiten kommt der Tod eines Tages und pustet dich aus. Diese Krankheit, Ninons Krankheit, läuft so, daß man langsam vom Leben verstoßen wird. Sie läuft so, daß das Leben dich im Stich läßt, ein Teil nach dem anderen versagt. Kannst du mir folgen, Heilige Mutter Gottes? Ihre Fähigkeiten erlöschen, eine nach der anderen, und es gibt keine Nacht, keine Sterne, nur einen Keller, aus dem sie niemals heraus kann und in dem niemand anderes bleiben kann. Sie bekommt Medikamente, die sie krank machen, die aber ihr Sterben eine kleine Weile aufhalten. In dieser kleinen Weile ist Schmerz und Zeit, aber keine Hoffnung. Sie ist auch deine Tochter. Es gibt nichts, worum man bitten könnte, und alles. Lehre uns, aus nichts alles zu machen. Heilige Maria. Die meisten Menschen sehen weg. Du nicht, denn du bist eine Statue. Sie haben Angst, ich habe Angst. Du bleibst ruhig, denn du bist eine Statue.

Wie macht man aus nichts alles?

Der Test war negativ, sagt Gino am Telephon. Ich bin clean.

Sieh zu, daß es so bleibt, sage ich zu ihm.

Ich möchte dich sehen.

Es gibt nichts, was wir tun könnten, Gino.

Ninon, das spielt doch keine Rolle . . .

Du sagst, es spielt keine Rolle! Mein Leben wird ausgelöscht, und du sagst, es spielt keine Rolle. Vielleicht spielt es für dich keine Rolle!

Ich möchte dich sehen.

Nein.

Einmal.

Wozu?

Freitag früh. Ich hole dich um halb neun mit dem Lieferwagen ab.

Ich arbeite.

Nimm dir den Tag frei!

Er hängt ein, ehe ich antworten kann. Was will ich?

Nicht mal zu wissen, was ich will, nicht mal zu wissen, was ich selbst will, da fängt die Einsamkeit an.

Immer noch mit dem Helm auf dem Kopf, kniet der Eisenbahner im Gras, das Visier an den verrosteten unteren Teil der Schreintür gelehnt.

Die Worte, die ich jetzt höre, werden von einem ganzen Chor von Stimmen gesprochen.

Gott ist hilflos. Er ist hilflos aus Liebe. Wenn er Macht behalten hätte, würde er nicht so lieben, wie er es tut. Lieber Gott, hilf uns in unserer Hilflosigkeit.

Er steht auf, als hätte er auf den Knien gelegen, um nach etwas zu suchen, das ihm heruntergefallen war. Und während er davongeht, nimmt er den Helm ab.

Gino bringt mich an einen Ort, der Zibello heißt, wo der Fluß sehr breit ist, mehr als ein Kilometer von einem Ufer zum anderen und mit Inseln dazwischen. Wir steigen aus seinem Mercedes-Lieferwagen mit all den Hemden und Strümpfen hinten drin, und er führt mich wortlos an der Hand zu einem hölzernen Landungssteg, der ins Wasser hinaus reicht. Dort sind einige Boote festgemacht, und niemand ist da. Wegen der Absätze meiner Sandalen – ich trage meine weißen – sehe ich hinab auf die Lücken zwischen den Planken der Plattform; ich will nicht stolpern. Und da sehe ich eine tote Katze im Wasser schwimmen.

Nein, sage ich, bring mich fort von hier! Bring mich in einen Park oder in ein anständiges Café in Cremona.

Ninon, reg dich nicht auf. Ich habe dich hierhergebracht, um dir etwas zu zeigen.

Dann beeil dich.

Siehst du die Insel dort?

Die, bei der die Bäume bis ins Wasser hinabreichen?

Ja, da fahren wir hin. Wir fahren zu der Insel da.

Wozu?

Um beieinanderzuliegen.

Das ist vorbei, Gino. Ich will nicht mehr vögeln.

Ich werde dich trotzdem dorthin bringen.

Du weißt, daß ich dich töten kann, Gino. Ich brauche
dir nur ein wenig von meinem Blut über die Zähne zu
schmieren, und du wirst einen wahrscheinlich entsetz-
lichen Tod sterben, ein oder zwei Jahre nach mir.

Warte, bis wir dort sind.

Nein heißt Nein für uns beide, und ich sage Nein.

Setz dich auf die Polster.

Das Boot schwankt, während ich hineinklettere, und
macht ein planschendes Geräusch. Ansonsten ist der
Fluß völlig still.

Es liegt sehr tief im Wasser, sage ich.

Weißt du, wie sie heißen, diese Boote, Ninon?

Wie?

Sie heißen *barchini.* Die Venezianer haben die Idee für
ihre Gondeln von hier übernommen. Auf einem Fluß,
der so groß ist wie der Po, mußt du die ganze Zeit
beobachten, wohin du fährst, du kannst nicht rudern
wie ein Idiot und dich immer wieder über die Schulter
umgucken, wie man es in einem normalen Ruderboot
macht, du mußt wissen, wo du hinwillst, und du mußt
aufpassen wie ein Schießhund, oder der Fluß treibt

dich ab, wie er den großen Baum da drüben mit sich
reißt, wie ich ihn Ochsen und Lastwagen habe mit sich
reißen sehen. Also hat jemand den Barchino erfunden,
der es dir erlaubt, zu rudern und zu sehen, wohin du
fährst.

Gino und ich sind allein auf der unermeßlichen, trü-
ben, gelblichen Wasserfläche. Wir liegen so tief im
Wasser, daß ich nicht weiß, wo das Wasser aufhört. Ich
kann das Ufer nicht sehen. Der Stamm eines großen
grauen Baumes treibt an uns vorbei, ein Vogel sitzt auf
einem der Zweige.

Sieh nur den Vogel!

Das ist ein Strandläufer, sagt Gino – ein *piovanello*.

Ich drehe den Kopf, um zu sehen, wohin die Fahrt
geht. Wir fahren direkt auf die Insel zu.

Nein heißt Nein für uns beide! wiederhole ich.

Er nickt, doch er konzentriert sich auf das, was er mit
den beiden Rudern macht. Er rudert im Stehen, und er
neigt sich nach vorn, gestützt auf die beiden Ruder, wie
wenn er sie als Krücken benützen würde. Bei jedem
Schlag läßt er irgendwie den Fuß der Krücke hin- und
herschnellen, wie ein Hund ein Bein trockenschüttelt,
wenn es aus dem Wasser kommt, doch Gino macht den
Ruderschlag im Wasser. Weit und breit ist niemand zu
sehen.

Kommst du oft hierher? frage ich.

Nein, nicht mehr seit Pedro ertrunken ist.

Ertrunken?

Flußaufwärts, wo die Eisenbahnbrücke bei Cremona
über den Po führt.

Warum ist er ertrunken?

Er ist hineingefallen.

Konnte er denn nicht schwimmen?

Er konnte schwimmen, *sì*.

Ich schaue Gino an. Er schüttelt immer noch jedes Ruder, eins nach dem anderen, wie ein Hund das Hinterbein, und er steht immer noch hoch aufgerichtet da. Ich halte die Hand ins Wasser, das überraschend kalt ist. Man sieht nicht hindurch, es ist so undurchdringlich wie eine Wolldecke, selbst Milch ist durchscheinender als dieses Wasser.

Als ich noch ein Kind war, bin ich oft mit meinem Vater auf seinem Motorrad über die Berge gefahren, wo die Schafhirten leben.

Warum erzähle ich Gino das? Ich weiß, warum. Seit ein oder zwei Minuten fährt der Barchino in eine andere Richtung, und ich spüre, wie eine Kraft an uns zerrt, die mich an die Pferdestärken von Papas Motorrad denken läßt. Das Zerren ist tief drunten und ändert sich nicht, und seine Pferdestärken sind größer, als irgend jemand berechnen kann. Ich blicke zum anderen Ufer hinüber, und ich sehe, wie schnell wir uns bewegen, was immer auch das Wasser sagt.

Wir haben die Insel verpaßt, Gino. Wir haben sie verpaßt.

Die Strömung zerrt den Barchino flußabwärts. Nichts kann sie aufhalten. Das Wasser ist jetzt auf allen Seiten. In den Bergen machen die Gletscher dasselbe. Der Fluß ist schnell, und der Gletscher ist langsam, aber nichts kann sie aufhalten.

Gino, was tun wir?

Wir setzen zur Insel über.

Plötzlich verstehe ich: er will mich töten. Er meint, es sei besser so. Vielleicht will er uns beide töten. Ein Selbstmordpakt auf dem Po. Nur ist es kein Pakt. Er hat mich nicht gefragt.

Hör auf damit, Gino, hör auf! Bring uns ans Ufer, ich will nicht weiter!

Die ganze Zeit auf die Ruder wie auf Krücken gestützt, schüttelt er den Kopf. Hab keine Angst, Ninon, ich weiß, was ich tue.

Seine Worte beruhigen mich. Ich weiß nicht, warum. Vielleicht lügt er. Ich schließe die Augen. Die unermeßliche Energie des Po, der uns davonträgt, ist wie die Energie des Schlafs, ehe du hineintauchst. Sie ist unwiderstehlich. Mit fest geschlossenen Augen weiß ich, daß das etwas Wahres ist, nicht nur in meinem Kopf. Die Flußluft auf meiner Stirn ist kalt, während wir Fahrt gewinnen.

Bring uns ans Ufer! Ich will nicht sterben.

Vor langer Zeit, als ich die Augen noch offen hatte, war das Wasser flach, nur wenn es auf etwas traf, das es nicht mit seiner eigenen Geschwindigkeit davontragen konnte, bildete es eine Welle. Jetzt, da ich die Augen geschlossen habe, spüre ich durch meine Hüften und durch die Polster, auf denen ich sitze, einen Schwall, der ungeheuerlich steigt und fällt und das Boot und uns darin anhebt. Die Geduld dieses Schwalls ist das Schlimmste, denn sie sagt mir, daß das, was uns trägt, flüssig ist, unaufhaltsam und zu groß, um uns überhaupt zu bemerken.

Etwas wie eine Schnur streift mir über die Wange. Ich hebe die Hand, und ein Weidenzweig gleitet mir durch

101

die Finger. Ich versuche, ihn festzuhalten, und er reißt sich vom Baum los.

Ich traue meinen Augen nicht. Wir sind dicht am anderen Ufer des Flusses, und das Wasser ist ruhig.

Was zum Teufel hast du jetzt vor, Gino? frage ich.

Wir paddeln flußaufwärts, sagt er, dann überqueren wir den anderen Arm des Po und gelangen zur Insel.

Du kommst doch nicht gegen die Strömung an.

Wenn wir von dieser Stelle zur Inselspitze gelangen, gibt es keine Strömung.

Ich habe gedacht, wir würden ertrinken.

Du hättest mir mehr vertrauen sollen, sagt er.

Bist du sicher, daß es bei der Inselspitze keine Strömung gibt?

Er nickt.

Was willst du mir zeigen, Gino?

Wie man zur Insel kommt.

Nein heißt Nein, Gino. Nein heißt Nein.

Wenn du nicht willst, brauchst du nicht aus dem Boot auszusteigen, sagt er.

Warum zum Teufel dann überhaupt hinfahren?

Um zu sehen, wie wir dorthin kommen.

Um zu beweisen, was für ein guter Bootsführer du bist! sage ich.

Nein, um dir zu zeigen, wie wir leben werden, du und ich.

Ich habe getan, was Gino mir geraten hatte. Ich bin aus dem Boot nicht ausgestiegen. Aber in meiner Wut habe ich eine Handvoll langes Gras vom Ufer der Insel ausgerissen und mit nach Hause genommen. Ginos Gras.

102

Jean Ferrero fand die Pizzeria zufällig, weil er in der Benzinstadt Cortemaggiore falsch abgebogen war, und die vielen lachenden Männer unter der Tür erregten seine Aufmerksamkeit, als er nach dem Weg nach Cremona fragte. Drinnen nimmt ein langer Tisch die Mitte des Eßraums ein, und daran sitzen dreißig oder mehr Männer. Die Wände sind weiß gekachelt. Er hat einen kleinen Tisch in Ofennähe entdeckt, von dem aus er sein Motorrad auf der Straße im Auge behalten kann.

Luciano, der *pizzaiolo*, arbeitet im Unterhemd. Die meisten der dort essenden Männer haben ebenfalls nackte Schultern. Jean Ferrero hat Helm, Jacke, Handschuhe und Hemd an einen Hutständer gehängt. Manche der Männer haben die Zeitungshüte der Bauarbeiter auf dem Kopf, andere tragen rote und gelbe Schirmmützen mit den Namen von Ölgesellschaften darauf. Auf diese Weise wirkt die Versammlung wie eine Party. Tag für Tag setzt sich jeder von ihnen auf denselben Platz an dem großen Tisch, und so kennt jeder die Empfindlichkeiten seines Nachbarn und weiß, wieviel oder wie wenig Wein oder Wasser er ihm eingießen muß. Die

Jüngeren gießen ein. Die Älteren erklären, was in der Welt vor sich geht.

Luciano klopft auf einer Armvoll Teig herum, wie ein Trainer seinem Boxer Hiebe versetzt, um ihn zu reizen. Einmal lehnt er sich über den mit Mehl bedeckten Tresen, weg von den Öfen, um Jean zuzurufen: In einer Pizzeria, wo nicht gelacht wird, backen die Öfen schlecht – das haben Sie bestimmt schon mal gehört!

Eine Kellnerin, Elisa, bedient all die Männer. Jean beobachtet, mit welchem Selbstvertrauen sie die Teller und Karaffen trägt, und die Geschicklichkeit, mit der sie den tätschelnden und zupackenden Händen ausweicht. Sie ist etwa im selben Alter wie Ninon.

Wer hat die Siciliana bestellt?

Hier, Lisetta, die ist für Otello, hier.

Warum bist du heute so ernst, Lisetta, hast du nicht gut geschlafen?

Hat er dich die ganze Nacht wach gehalten, Lisetta?

Und die Quattro Stagioni, ruft sie im Singsang, wer hat die Quattro Stagioni bestellt?

Elisas Handgelenke sind auch so dünn wie die von Ninon.

Lisetta! Schenk uns ein Lächeln und noch etwas Wasser ein!

Ich habe mit einem Muli angefangen, unterbricht Federico, heute ist mein Schrottplatz der größte in der Lombardei. Fünfzehn Hektar mit Alteisen. Ich kann nicht schlafen, und ich denke an Gino, also wandere ich um meine Stapel herum, und die strahlen eine Art von

Frieden aus. Das kommt von ihrer Ruhe. Jedes kostbare Teil, das ich hierhergebracht habe, wurde einst für Bewegung hergestellt, damit etwas vorangeht, wie man sagt. (Lachen.) Jetzt ruht ein jedes, es ruht, umgeben von Hunderten und Tausenden fast identischer Teile, die ebenfalls ruhen. Es muß unter dem Gefrierpunkt sein. In einigen der Stapel sprechen die Metalle. Ich bin noch nicht schwerhörig. Sie sirren in der kalten, eisigen Luft. Wenn ich stehenbleibe und zuhöre, sirren sie ganze Sätze. Bei Temperaturen unter Null tun Metalle das manchmal. Wie in schwülen Sommernächten die dünneren Metalle vor gespeicherter Hitze zwitschern, wie Zikaden. Ich erkläre Ihnen das jetzt schon, Herr Anwalt, damit Sie voll und ganz auf meine Verteidigung vorbereitet sind. Ich erkläre Ihnen, wie ich zu meinem Entschluß gekommen bin. Ganz ruhig, Herr Anwalt. Die Laute, die meine Stapel von sich geben, stören die Stille der Nacht nicht.

Und ihre Weisheit ist nicht gewalttätig. Deshalb kehre ich im Frieden mit mir selbst ins Büro zurück und bin sicher, ganz sicher, was morgen zu tun ist. Ihr wird eine Menge Leiden erspart, ihr ist ohnehin nicht zu helfen. Und auf diese Weise wird Gino gerettet. Wenn sie mich vor Gericht stellen, dann werde ich, mit Ihrer Hilfe, Herr Anwalt, die ganze gottverlassene Situation darlegen, und jeder Vater im Land wird mich unterstützen. DER SCHROTTHÄNDLER VON ASOLA wird ein Nationalheld genannt werden. Doch ich tue es um ihretwillen, um ihrer beider willen. Welche Pistole wäre die beste? Ich denke an meine Beretta 921, die ich einem sardischen Anwalt abgekauft habe. Vielleicht kennen Sie ihn sogar, Herr Anwalt? Agostino hieß er. Er sagte, er habe sie gekauft, um sich in Cagliari zu schützen. Anwälte brauchen dort Pistolen, und er hat sie mir mit einer Schachtel Munition verkauft.

Du bist mein täglich Glück, sagt einer der Männer mit den Zeitungshüten zu Elisa.

Möchten Sie jetzt zahlen? fragt Elisa Jean Ferrero, der wie ein Gehörloser in den offenen Ofen starrt, aus dem Luciano soeben eine weitere Pizza hervorgeholt hat.

Ich bin zu nahe gekommen, Gino, ich hab den Schmerz in ihren Augen gesehen, so viel Schmerz, daß für mehr kein Platz war. Dann fing sie an zu lachen, und ich konnte es nicht tun. Ich habe meinen Kaffee getrunken und bin fortgegangen. Ich konnte es nicht tun.

Möchten Sie jetzt zahlen? fragte Elisa Jean Ferrero ein zweites Mal.

Siehst du den Haufen Zündkerzen da? Groß genug, um einen Güterwagen damit zu füllen. Im Prinzip, Gino, läßt sich das Porzellan durch Recycling wiederverwenden. Alles muß aussortiert werden. Indem man dieselben Dinge zusammenbringt und gleich von ungleich trennt. Das habe ich mein ganzes Leben lang getan. Die Leute bringen alles durcheinander. Sie werfen alles am selben Platz weg. Auf diese Weise fabrizieren sie Müll. Müll an sich gibt es nicht. Müll ist die Verwirrung, die wir anstellen, wenn wir Dinge wegwerfen.

Du kannst sie nicht aufgeben, sagst du. Du willst, aber du kannst es nicht. Das ist schon Müll, Gino. Du willst sie nicht aufgeben, und du weißt sehr gut, daß du es könntest. Sie hat dich viele Male aufgefordert, sie zu verlassen. Es gibt niemanden, der auch nur ein Wort sagen würde, wenn du sie verläßt. Da liegt keine Zukunft für dich. Für die Heizkörper da drüben gibt es mehr Zukunft als für dich und für sie. Und sowieso ist *verlassen* das falsche Wort. Um einen zu verlassen, muß man eine gemeinsame Haustür haben, und ihr habt nie zusammen in derselben Wohnung gelebt. Die Frage des Verlassens stellt sich nicht. Es ist eine Frage des Nichtweitermachens, des Aufhörens. Und du, du willst weitermachen. Ich frage nicht, warum. Genausowenig frage ich, warum es ein Metall gibt, das Tungsten heißt. Tungsten existiert. (Lachen.)

Liebe auch. In deinem Falle ist die Liebe so schwer wie Tungsten. Du willst dieser Französin alles geben, was du geben kannst. Dann trenn die Dinge. Du liebst sie. Sie wird sterben. Das tun wir alle. Sie wird schon bald sterben. Dann mach schnell. Du kannst keine Kinder haben, du kannst nicht riskieren, dieses Greuel an die nächste Generation weiterzugeben.

Die Alten haben geglaubt, daß Metalle unterirdisch gezeugt würden, alle, und zwar durch die Paarung von Quecksilber mit Schwefel. Benutz einen *capote*, Gino, und heirate sie. Du wirst eine Frau heiraten, kein Virus. Schrott ist kein Müll, Gino. Heirate sie.

Die Räder kreischen gegen die Schienen, als die Straßenbahn um die Ecke biegt. Es ist die Nr. 11 unterhalb der Fenster von Zdenas Wohnung. Zdena bügelt eine Bluse in dem Zimmer mit dem Kachelofen. Auf dem Fußboden liegt ein offener Koffer, schon gepackt.

Früher habe ich Tante Claire geholfen, die Wäsche draußen aufzuhängen. Wir gingen zusammen in den Garten hinaus und trugen eine Plastikwanne – gerade groß genug, um ein Baby darin zu baden. Was ich niemals tun werde. Die Wanne war blau. Die Gänse liefen dort im Gras. Stück für Stück nahmen wir die feuchte Wäsche und hängten sie mit Klammern auf die Leine. Ich trug die Klammern in meiner Schürze. Sie waren aus Plastik, in den Farben Rot und Gelb, wie Babyspielzeug. Alle meine Babys hat man mir getötet.

Als alles auf der Leine hing und im Wind flatterte, der durch das Tal herabblies, war ich immer überrascht, wieviel Tante Claire und ich in der Wanne herausgetragen hatten! Genug, um einen ganzen Garten zu füllen! Die gleiche Überraschung erlebe ich, wenn ich Gino dabei zusehe, wie er seinen Lieferwagen entlädt. Es ist schwer zu glauben, daß sich so viele Klamotten in einem Mercedes D320 unterbringen lassen. Unter seinen Sonnenschirmen, die hölzerne Speichen haben, ähnlich riesigen Parasolpilzen, beginnt Gino Jeans auszubreiten, Jacken, Jägerwesten, Kappen, Badehosen, Hemden, Sweater, Shorts, Kopfbänder, Halstücher, Anzüge, Regenmäntel, Sandalen, Bademäntel, Kimonos. Er läßt es nicht zu, daß ich ihm beim Entladen helfe. Du kannst die Kunden beschwatzen, sagt er, sie werden kaufen, um dich zum Lächeln zu bringen! Er verkauft eine Art Bademantel, den ich Ägyptische Tunika genannt habe, und das hat er denn auch auf das Pappschild über der Stange geschrieben, an der sie hängen: TUNICHE EGIZIE. 99 000 Lire.

Neulich hat er mich in den Lieferwagen geschickt, um ein Jumbo-Shirt für einen Kunden zu holen, der so dick war, daß er aussah, als brauche er ein Glockenzelt als Shirt. Und da, hinter einem Stapel Shirts, bemerkte ich etwas, was nach einem Brief in Ginos Handschrift aussah, mit Klebeband an der Metallwand des Lieferwagens befestigt. An wen er wohl schreibt? frage ich mich, und warum klebt er es dorthin? Ich sah sehr wohl, daß es keine Bestandsliste war.

Also hocke ich mich hin und lese es, und da steht etwa folgendes: Du bist schön, meine Liebe, an dir ist kein Makel. Deine Lippen, Liebste, schmecken wie eine Honigwabe: Honig und Milch sind unter deiner Zunge. Und der Geruch deiner Kleider ist wie der Geruch meines Hauses. Du, meine Frau, bist mein Garten, ein geheimer Springbrunnen, ein Quell, von dem niemand weiß. Der Geruch deiner Kleider ist wie der Geruch meines Hauses. Und darunter steht in Großbuchstaben mein Name: NINON.

Ich stürze sofort aus dem Lieferwagen, ich kreische ihn an vor allen Anwesenden. Ich nenne ihn einen Lügner und einen Betrüger.

Es ist aus der Bibel, sagt er.

Scheiß drauf, sage ich, du weißt, was ich habe...

Da erschien etwas vor meinen blinden Augen, das ein Teil der Geschichte war, doch ich konnte nicht sagen, inwiefern.

Das Kreuz ist nicht aus einem so edlen Holz wie Zeder. Es ist normales Holz, wie das, das man zum Verschalen von Beton nimmt. Christi Haar auf dem nach vorn gesunkenen Kopf verbirgt eins seiner Augen und fällt ihm halb über das Gesicht. Die durch seine Füße getriebenen Nägel und die von behandschuhten Händen über seinen Kopf gezerrten Dornen der Krone zeigen für alle Ewigkeit die Grausamkeit der Menschen. Diese Grausamkeit hat für alles Verwendung. Deshalb hat Christus einen Körper. Sein Körper wird auch geliebt. Er wurde verraten, preisgegeben, im Stich gelassen, und er wurde geliebt. Sein Körper – bleich, zerbrechlich, verurteilt – zeigt diese Liebe. Fragen Sie mich nicht, wieso. Fragen Sie die Kriminellen, fragen Sie Kinder, fragen Sie Maria Magdalena, fragen Sie Mütter...

.   .   .

Zdena legt ihre gebügelte, gefaltete Bluse oben auf die anderen Kleidungsstücke und Päckchen und Toiletten-artikel im Koffer. Sie kniet auf den Boden nieder, um den Koffer zu schließen, und sie blickt durch das Fenster auf die Akazie. Was hat sie vergessen?

Tante Claire liebt Vögel. Ihre rotgeschnäbelten Gänse erkennen mich, sobald ich von der Schule nach Hause komme, sobald ich in unsere kleine Straße einbiege. Sie hört sie kreischen, und sie kommt heraus, um mit mir zu sprechen. Sie sind immer da, die Gänse, sie wachen jeden Morgen auf, sie bewachen das Haus, sie legen Eier, sie vergessen niemals, zweimal in der Minute hochzusehen, um zu schauen, wer als nächster kommt, und zu quaken, und wenn das Gras zu hoch ist und sie nicht darüber hinwegschauen können, dann treten sie das Gras mit ihren Füßen platt, die wie Plätteisen sind. Wenn einer Gans ein Fuß weh tut, dann hinkt sie, wie ich es tue, wenn mir der Fuß weh tut.

Den Po entlang liegt eine solche Schwere in der Luft, daß die Schwalben in Kniehöhe fliegen, um die nieder-gedrückten Insekten zu fangen. In den Dörfern entlang der SS 343 warten der Staub und die Hühner, ein Bein angezogen, mit geöffneten Schnäbeln. Überall gibt es Elektrizität. Die Schranke eines Bahnübergangs senkt sich langsam, ihre Klingel läutet und ihr rotes Licht blinkt. Jean Ferrero verlangsamt bis zum Stillstand, stellt beide Füße auf den Boden und streckt den Rücken durch.

In Ordnung, Papa, warum nicht? Fahr mit mir über Ostern nach Athen. Wenn ich könnte, würde ich eine Reise um die Welt machen. Dann wüßte ich, was ich zurücklasse. Hast du genug Geld für Athen?

Ein Güterzug fährt vorbei. Der Eisenbahner zählt vier-undsechzig Waggons. Dann fallen die ersten Regentrop-fen. Sehr spärlich zu Anfang, jeder einzelne wie eine

Wasserbeere, die beim Aufprall auf dem Asphalt explodiert und winzige Wassersamen in alle Richtungen verstreut. Er lehnt sich nach vorn über den Benzintank und läßt dem Motorrad freien Lauf. Während sie an Geschwindigkeit zunehmen, fällt auch der Regen immer schneller. Der Po ist so pockennarbig, daß die Bootsführer nicht mehr hinüber- und herübersehen können. Jean Ferrero ist gezwungen, das Visier zu öffnen, denn er kann nichts sehen. Der Regen trifft seine Augen und die Haut um die Augen, als er PIADENA liest, den Namen des Städtchens, in das er jetzt einfährt.

Die Piazza ist verlassen. Er steigt ab und eilt in die nächstgelegene Einfahrt, um sich unterzustellen. Dort angelangt, schüttelt er den Regen ab, und eine Schulklasse, die in der Eingangshalle wartet, bis das Unwetter vorüber ist, beobachtet ihn, als wäre er ein Komiker.

Das ist vielleicht ein Regen, sagt er.

Sind wir gewöhnt. Es pißt und pißt auf uns herunter hier.

Ist das eure Schule?

Museum hier.

Museum?

Museo Archeologico. Wir kommen hierher wegen unserer Spritzen, *punture*. Dahinten im Hof ist eine Rot-Kreuz-Station. Manchmal macht der Po eine Überschwemmung! ruft ein anderes Kind, Überschwemmung, nichts als Wasser!

Wenn der Po hier einen Deich durchbricht, hält ihn nichts mehr auf!

Das letzte Mal war vor elf Jahren!

Vierzehn!

Elf!

Wo ist das Museum?

Durch die große Tür dort.

Er stößt sie auf und betritt eine lange, spärlich erleuchtete, verlassene Galerie, wo er an einer Reihe von Statuen vorbeigeht. Die Galerie hat ein Oberlicht in der Decke, und der Regen, der sich in Hagel verwandelt hat, scheppert so heftig dagegen, daß er seinen Sturzhelm wieder aufsetzt, aus Angst, die Hagelkörner könnten das Glas des Oberlichts durchschlagen.

Er kommt an ein paar Schaukästen mit antiken Münzen und Regalen mit Tonarbeiten vorüber. Dann geht er auf eine Vitrine zu, und nach einem Blick hinein hält er sie zwischen den Armen, als wäre es ein Flipper mit Knöpfen an den Seiten zur Bedienung.

Darinnen befindet sich ein goldener Halsschmuck, der auf einem Fetzen staubigem braunem Samt liegt. Eine mit Schreibmaschine beschriebene Karte gibt als Datum 1500 v. Chr. an. Und setzt ein Fragezeichen hinzu.

Der Halsschmuck besteht aus goldenen Röhrchen, die auf einen Faden gezogen sind. Jedes Röhrchen ist nicht länger, als der Fingernagel eines Kindes breit ist. Zwischen jedem dritten Röhrchen hängt an dem Faden ein Buchenblatt, ebenso groß wie ein echtes. Doch die Blätter des Halsschmucks sind aus einem Gold, das dünner getrieben ist, als ein natürliches Blatt es je sein könnte. Und darauf sind die Adern des Blattes eingraviert, und jede Gravur schimmert wie ein Platinhaar.

Um den Hals getragen, würden ihr die Blätter beim Gehen gegen Brustbein und Schlüsselbeine flattern.

Wenn sie stehenbliebe, würden sie sich mit ihrem Atem bewegen, leicht und metallisch, mit einem knisternden Klang. Diesen Halsschmuck zu tragen hieße, sich beschützt zu fühlen von jedem Blatt eines jeden Baumes auf der Welt.

Der Eisenbahner sucht nach den Scharnieren des Glasdeckels und nach dem Schloß. Er nimmt ein Messer aus der Tasche. Er untersucht die Unterseite der Vitrine. Er hält inne. Schließlich hebt er das ganze Ding von seinem Gestell. Im Inneren bewegen sich die Blätter des Halsschmucks. Die Arme um die Vitrine, macht er ein paar Schritte, wobei er sie gegen die Brust gepreßt hält.

Ich hörte eine Frauenstimme in homerischem Griechisch sagen: Es ist so lange her, Kallias, seit du davongesegelt bist. Wo bist du? Komm näher. Ich entkleide mich und nehme meinen Halsschmuck ab, meinen goldenen Halsschmuck mit den Blättern, und viel später – nach allem, woran ich mich nicht zu erinnern beschloß, solange du fort bist, vielleicht, nachdem wir einmal eingeschlafen sind – liege ich auf dem Rücken, mein Haar über den Kissen, und ich drehe mich, so daß meine Schulter in der Luft ist und meine rechte Wange am Laken, auf diese Weise bist du neben mir und hinter mir, und du liegst mit aufgerichtetem linken Oberschenkel zwischen den meinen, und er drückt nach oben, so daß ich auf ihm reite, und mein rechtes Bein ziehe ich nach, bis es deine rechte Wade findet und wir, während unsere Fußgelenke einander berühren, die Füße kreuzen und dein linker Arm unter dem meinen hervorkommt, um meine Brust zu halten, und sich die Hand deines anderen Arms über mich legt, um die andere zu halten, mit deinem Mund in meinem Nacken und deiner Nase in der Höhlung meines Genicks, als wären wir beide eins, Kallias, meine linke Hand hält deinen Hintern ... Kallias.

Der Eisenbahner im Museum stellt den Kasten ab. Er würde den Halsschmuck gern stehlen. Er würde ihn gern kaufen. Er hätte es gern, wenn seine Tochter ihn trüge. Er würde ihn ihr gern geben. Er hätte es gern, wenn sie ihn auf ewig besäße. Und dennoch wird er in dem baufälligen Museum von Piadena bleiben.

Die Straßen draußen riechen nach fortgewaschenem Staub. Die Schwalben fliegen so hoch wie der Glockenturm der weißen Kirche an der Piazza, und die Leute sind, wie es nach einem Gewitter geschieht, aus ihren Häusern gekommen, um nachzusehen, was es draußen gibt, als wäre eine neue Ära angebrochen.

Drei junge Leute haben eine der Steinbänke in Besitz genommen: zwei junge Männer in weißen T-Shirts und eine Frau mit einer Steppweste. Sie lächeln, sie haben die Arme um die Knie gelegt, sie lehnen ein wenig aneinander, und sie warten gemeinsam, wie sie oft warten. In kleinen Städten wie Piadena, in dieser Ebene, wo der Horizont nichts verbirgt, warten sie auf die Momente, in denen das Leben zählt. Wenn sie eintreten, diese Momente, dann kommen sie rasch und gehen rasch vorüber. Danach ist nichts mehr ganz so wie zuvor, und sie warten wiederum. Die Zeit ist hier oft wie die Zeit der Athleten, die sich Monate oder Jahre auf einen Auftritt vorbereiten, der weniger als eine Minute dauert. Jetzt beobachten sie, wie der Motorradfahrer über die Piazza fährt und ihre Stadt verläßt.

Zdena steht im fünften Stock auf dem Treppenabsatz des geräumigen Treppenhauses, das weder Teppich noch Tapeten hat, wohl aber ein poliertes Holzgeländer. Sie hat ihren Koffer schon ans obere Ende der Treppe gestellt. Durch die halbgeöffnete Wohnungstür wirft sie noch einen Blick auf den Spiegel und ihren Schreibtisch und die Spitzengardinen der großen Fenster und die Armsessel, in denen ihre Freunde sich rekeln und sich unterhalten, und auf ihre Tischchen unter einem Chaos von Papieren. Mit einem eleganten Trenchcoat aus Gabardine bekleidet, dreht sie den Schlüssel im Schloß sehr langsam, um so wenig Lärm wie möglich zu machen, wie eine Mutter, die ein Zimmer auf Zehenspitzen verläßt, wenn sie ihr Kind schlafen gelegt hat.

Gino will, daß wir heiraten. Ich habe ihm hundertmal gesagt – nein. Letzte Woche habe ich gesagt: In Ordnung. Ich habe mich an Ginos Gras erinnert. Es hängt über meinem Bett.

Danach machen wir zusammen eine Reise, sagte er.

Wohin?

Das habe ich noch nicht entschieden, und wenn ich es hätte, würde ich es dir nicht sagen. Es soll ein Geheimnis sein. Eine Überraschung, sagte er.

Ich weiß, wo ich heiraten möchte.

Sag es mir.

Wo der Po ins Meer mündet!

Sì, sagte er.

Wir werden Händchen halten! sagte ich, und das ist es schon, das ist alles.

Ich habe eine Tante, die in einem Ort mit Namen Gorino wohnt. Weiter draußen im Meer kann man gar nicht wohnen. Wir werden von ihrem Haus aus zur Hochzeit gehen.

Im Juni, sagte ich.

Am achten Juni.

Gino weiß, welcher Wochentag an jedem Datum des Jahres ist. Das kommt daher, daß er die Märkte abklappert.

Mittwoch, den achten Juni, in Gorino, sagte er.

Die Art wie Jean Ferrero fährt, bringt mir Nikos in Erinnerung. Nikos aus Gysi. Wir sind immer zusammen schwimmen gegangen – das war, ehe ich erblindet bin. Nikos machte mit Vorliebe Kopfsprünge von den Klippen bei Varkiza ins Meer. Wenn er feierlich zum Felsrand ging und dastand, die Füße zusammen und tief Atem holend, dann war es, als habe er seinen Körper verlassen. Er war darin nicht anwesend. Er hatte seinen Körper einem Springer gegeben, und er, Nikos, war anderswo. Nachdem er gesprungen war – wenn er aus dem Wasser kletterte, um wieder zu springen, dann war es der Springer, der naß war, nicht er. Nikos war immer noch irgendwo in der Luft und betrachtete das Meer, den Springer, die Felsen und die Sonne. Und genauso ist es mit dem Eisenbahner, während er die Strecke zwischen Viadana und Bergantino zurücklegt. Er hat den Sattel verlassen, er ist in der Luft und betrachtet sein Motorrad, die Straße und den Fahrer. Es ist eine schmale Straße am Nordufer des Po.

· · ·

Wir klettern den Berg oberhalb der Schule empor, wir setzen die Füße sehr sorgfältig auf, damit keine Steine ins Rollen geraten und wir, von unserem Atem abgesehen, keinen Lärm machen. Dann wird der Wächter uns nicht kommen hören, und wenn wir bis zum Bergkamm hinaufgeklettert sind, sehen wir, falls sie heute da sind, die Murmeltiere. Der Lehrer sagt, sie seien letzte Woche aufgewacht. Sie wachen auf, wenn der Schnee schmilzt. Ohne ihn ist ihnen kalt, sie haben auch Hunger, sie haben fünf Monate lang nichts gegessen, sie haben ihr ganzes Fett aufgebraucht, und die Knochen tun ihnen weh. Also reiben sie sich die Augen, und das Blut fängt wieder an zu pochen. Der Murmeltierwächter steht aufrecht. Gleich wird er pfeifen. Er hat uns gesehen. Wer geht dort? fragt er. Freund, sage ich.

Wenn der Wächter jetzt fragt: Wer geht da? antworte ich: Die Pest.

Eisenbahner und Motorrad sind, während sie neben dem großen Fluß dahintreiben und kurven, zu einem einzigen Geschöpf geworden, wobei der Abstand zwischen Befehl und Ausführung nicht größer ist als eine Synapse. Und dieses einzige Geschöpf, Ellbogen und Handgelenke entspannt, schwarzer Thorax über rotem Torso, die Zehen gesenkt und die Sohlen nach hinten zur Straße weisend, wird immer noch von Jean Ferrero überwacht, der, am Himmel, den Schmerz trägt, den er niemals verlieren wird, selbst wenn er sich in diesem Moment frei fühlt, während er auf sein eigenes Fahren herabsieht.

Papas Motorrad ist sehr groß. Groß wie eine Gans, breit und gedrungen über dem Boden. Ich liebe sein Motorrad, und ich sitze hinter ihm. Wenn mein Hals müde ist, lasse ich den Kopf an seinem Rücken ruhen. Es ist unser Motorrad, das die Welt in Schräglage bringt, während wir an der Sägemühle in Maurienne vorbeifahren, schnell, schnell.

In der Nähe der Fähre von San Benedetto hält Jean Ferrero an, er sichert das Motorrad und geht zum Fluß. Der Fluß ist einen Kilometer breit. Am Ufer entlang verläuft ein Deich. Als solche Deiche während des vorigen Jahrhunderts angelegt wurden, stellte man bei Überschwemmungsgefahr Patrouillen auf. Eine Patrouille bestand aus zwei Männern, ausgerüstet mit einer Schaufel, einem Sack, einem Jagdhorn und bei Nacht mit einer Laterne.

Jean steigt auf den Deich. Auf der anderen Seite verläuft mehr oder weniger auf Höhe des Flusses ein Treidelpfad mit Grasrand und kleinen Bäumen. Jean läuft die Böschung hinunter und ist von allen Geräuschen außer dem des Wassers abgeschnitten.

Als der Po 1872 über die Ufer trat, haben viertausend Männer – und einhundert Frauen, die Segeltuchstücke zusammennähten – sieben Wochen lang gearbeitet, um die Bresche zu schließen.

Jean Ferrero stößt auf eine Reihe hochklappbarer Kinosessel, die ein paar Meter vom Wasser entfernt am

Boden befestigt sind. Sie sind von Vogeldreck beschmutzt und ihre Metallbeschläge sind rostig, doch die Sitze lassen sich immer noch hoch- und herunterklappen. Er nimmt auf einem Platz, lehnt sich zurück und blickt auf den Po. Ein wenig flußabwärts singt eine Amsel in einem Baum.

Es war schlimmer als die Soldaten im Zug, Papa. Es war, nachdem wir in Athen gewesen waren. Ich hörte von Filippo, einem Freund, den ich im Krankenhaus kennengelernt habe und der krank war, todkrank wie ich, daß man in Milano ein neues Medikament ausgibt, das AZT ersetzen soll, und ich wollte Näheres darüber herausfinden. Gino sollte mitkommen, doch im letzten Moment konnte er nicht, weil er auf eine Auktion indischer Sandalen gehen mußte; der Importeur hatte Pleite gemacht, und Gino dachte, er könne beim Einkauf ein gutes Geschäft machen. Also bin ich allein gefahren. Am späten Nachmittag wurde ich dann von einem Arzt empfangen, nachdem ich den ganzen Tag lang gewartet hatte. Er forderte mich auf, meine Papiere mit den letzten Blutwerten dazulassen, der Anzahl der CD4-Lymphozyten etc.

Ich hatte vor, in Milano zu übernachten, bei einer Freundin von Marella; ehe ich also die Metro hinaus in die Vorstädte nahm, Vorstädte sind überall gleich, sagte ich mir: Warum nicht einen Ausflug ins Zentrum machen? Ich bin noch nie dort gewesen. Du, Papa, hast mich, als ich ein Kind war, auf dem Motorrad mit nach Genua genommen und dieses Jahr nach Athen, aber nie nach Milano. Der Duomo war angestrahlt, und das brachte mich auf den Gedanken, er wäre eben erst gelandet, dort auf der leeren Piazza gelandet.

Ich nehme an, er hat schon damals so ausgesehen, als er gerade erbaut worden war – vielleicht sogar noch mehr, da die Steinmetzarbeiten und die Spitzen und Statuen damals noch ganz neu waren, doch in jenen Tagen hätte niemand ihn so beschreiben können, denn man wußte nichts über den Raum draußen und hatte noch nie davon gehört, daß Dinge, so groß wie Kathedralen, fliegen und landen können! Sie konnten nur pfeifen angesichts der neuen Kathedrale oder den Kopf senken, oder Dinge an die Menschenmenge verkaufen, die herbeigeströmt kam, um an dem neuen Weltwunder emporzustarren. Oder sie konnten beten.

Ich ging hinein und entzündete eine Kerze für uns, die wir infiziert sind. Als ich herauskam, war es dunkel, und so ging ich durch die Passage der Galleria. Die Läden hatten geschlossen, und es waren wenige Menschen unterwegs. Ich überlegte gerade, ob ich in einer Bar, die noch offen hatte, ein Eis essen sollte, als ein Hund an mir hochsprang. Kein gefährlicher Hund, einfach von ziemlichem Gewicht und schwer wegzustoßen. Ich tätschelte ihn, ich packte ihn an seinen Hundepfoten und schob.

Er tut dir nichts! sagte ein Mann. Der Mann hatte eine Hundeleine und trug einer dieser nachgemachten Seglermützen, die Gino *Boaters' Bananas* nennt.

Wär leichter, Sie hätten ihn an der Leine, oder?

Er bemerkte sofort meine Aussprache. Du bist zu Besuch in unserer Stadt? Ich will dich zu einem Glas vom besten Champagner einladen.

Ich trinke nur mit Freunden. Und ich stieß ihn zurück, wie ich den Hund zurückgestoßen hatte.

Genau! sagte er, nur mit Freunden! Wir gehen dort drüben zu Daniele, er hat für mich die Witwe auf Eis liegen.

Ich gehe nirgends mit Ihnen hin.

Ein Glas Champagner, was ist schon dabei? Er packte mich am Arm.

Ich glaube, Sie sollten lieber loslassen. Er hatte Kiefer und Mund vorgeschoben, und der Pelzkragen verbarg seinen Hals. Lassen Sie los!

Gib mir einen guten Grund dafür.

Weil ich es verlange.

Gleich wirst du noch etwas anderes von mir verlangen, meine Schöne, und am Ende des Abends wirst du vieles von mir verlangen.

Hau ab! sagte ich.

Gib mir einen guten Grund.

Hau ab, ich habe SIDA.

Die Gewalt, mit der er mich zu Boden warf, kam für mich völlig überraschend – ich schlug mit dem Kopf auf das Mosaik auf. Ich glaube, Papa, ich verlor das Bewußtsein. Als ich wieder zu mir kam, stand der Mann über mir. Irgendwo hinter ihm befand sich ein Paar mittleren Alters. Die beiden mußten auf dem Heimweg durch die Galeriepassage gewesen sein. Ich erinnere mich an das Schaufenster eines Schreibwarenladens.

Helfen Sie mir, rief ich, bitte helfen Sie mir!

Wissen Sie, was sie ist, schrie der Mann mit dem Hund, sie ist eine Nutte mit SIDA, und sie will es weitergeben, uns verseuchen, infizieren, das will sie.

Das Paar hatte noch mehr zu sagen. Die Frau ließ ihre schwere Handtasche von der Schulter rutschen und hob sie hoch, um mich damit zu schlagen. Ihr Mann hielt sie zurück. Das geht uns nichts an, sagte er.

Das Schlimmste waren nicht ihre Worte. Das Schlimmste war, wie sie haßten. Sie haßten alles an mir. Wie jemand sagt, er mag alles an dir, so haßten sie alles. Da blieb nichts übrig.

Plötzlich stellte der Hund die Ohren auf und sprang durch die Galleria in Richtung Piazza und Kathedrale davon. Das Tier bewegte sich so schnell, daß seine Füße auf dem Marmor ausrutschten – die Klauen machten ein kratzendes Geräusch. Boaters' Bananas war gezwungen, hinter ihm herzurennen. Die Frau mit der Handtasche stieß einen kleinen Überraschungsschrei aus und sprang zurück. Ich rappelte mich auf, um den Scheißkerl zu verfolgen, der mich niedergeschlagen hatte, wobei ich *Senza palle!* rief, Schlappschwanz! Schlappschwanz! Nicht einmal seine herabfallende Mütze hielt ihn davon ab, mit seinem Hund davonzulaufen.

Ich humpelte zurück zu meinem Platz in der Galleria in der Nähe des Schreibwarengeschäfts und setzte mich auf den Mosaikboden, als wäre es der Ort, an dem ich jeden Abend meines Lebens säße. Es spielte keine Rolle, was ich tat, solange ich etwas Bestimmtes tat.

Ich konnte die Scheißmütze sehen, wo sie zu Boden gefallen war. Ich saß dort unter dem geschwungenen, bleiverglasten Dach, und ich weinte – weinte, bis meine Tränen Steine deinen Berg hinunterrollen ließen.

.   .   .

Gefällt Ihnen unser Kino, fragt die Stimme eines jungen Mannes.

Habt ihr die Sitze hier angebracht? fragt Jean.

Unsere Gruppe, ja.

Deckt ihr sie im Winter ab?

Wir sitzen gern hier und denken über die Zukunft nach. Ich bin achtzehn, Irrwisch ist siebzehn und Tenebrium ist fünfzehn. Tenebrium hier ist der begabteste. Er könnte überall den Sysman-Status erhalten ... Darf ich fragen, ob Sie Pole sind?

Nein, ich bin Franzose.

Wir haben die französischen Nummernschilder an Ihrem Motorrad oben auf der Straße gesehen, doch wegen Ihrer Aussprache dachte ich, Sie könnten Pole sein. Wir wollen nach Danzig fahren.

Ja.

In Danzig ist ein Genie am Werk.

Was tut er?

Ich würde das Motorrad nicht oben auf der Straße lassen. Es gibt eine Diebesbande – nicht wie wir –, die in der Gegend von Mantua am Werk ist. Bringen Sie das Motorrad hierherunter. Hier bei uns sind Sie sicher.

Führt dieser Pfad auf die Straße?

Oben bei der Fähre, ja. Es sind nicht mehr als fünf Minuten.

Ich sollte eigentlich schon wieder unterwegs sein, sagt Jean Ferrero.

Sehen Sie die Hütte dort am Wasser – wir nennen sie das Hospiz. Sie ist gut mit Vorräten bestückt. Trinken Sie eine Cola mit uns, ehe Sie fahren. Hey! Irrwisch, komm her, hier ist der Mann mit der roten Honda CBR!

Ein Prachtexemplar! sagt der Junge, während er das Motorrad untersucht.

Das ist Irrwisch, sagt derjenige, der zu den Sitzen gekommen war, und ich bin Johannes der Täufer. Und das hier ist Tenebrium.

Gefallen Ihnen unsere Titel?

Titel?

Die Namen, die wir uns als Kennwort ausgesucht haben. Was für eines würden Sie für sich aussuchen?

Gleislicht, sagte Jean.

Das kommt woher?

Ein Begriff der Signalarbeiter. Gleislicht!

Wieviel kostet ein neues Motorrad dieses Typs?

Eine Menge, sagte Jean.

Sie haben fünfundachtzigtausend Kilometer drauf, sagt Tenebrium, über die Anzeige gebeugt.

Tenebrium will sich ein Motorrad kaufen, wenn er achtzehn ist, sagt Johannes der Täufer, aber für das Geld wird er ganz schön reisen müssen.

Habt ihr drei denn Arbeit? fragt Jean Ferrero.

Nicht einer von uns. Wir wohnen bei unseren Eltern in Parma, wenn wir nicht hier draußen im Hospiz sind. Wir kommen hierher, um eine Pause einzulegen. Zu Hause in Parma reisen wir.

Reisen?

Um die ganze Welt, sagt Irrwisch.

Daher wissen wir, daß es in Danzig ein Genie gibt, sagt Johannes der Täufer.

Ich würde sagen, der Typ in Danzig ist ebenso großartig wie Captain Crunch, sagt Tenebrium.

Captain Crunch?

Sollen wir ihm sagen, wer Captain Crunch ist?

Wir sollten ihn lieber erst testen.

Laßt ihn zufrieden, er soll in Ruhe seine Cola trinken.

Alles ist schön, sagt Johannes der Täufer, alles, was existiert, außer dem Bösen, ist schön.

Sie sehen, wie gut er sich seinen Titel ausgesucht hat! sagt Irrwisch. Johannes der Täufer ist sein Kennwort, und er spricht wie die Bibel.

Wissen Sie, wieviel Wasser hier in einer Sekunde vorbeifließt? fragt Tenebrium. Werden Sie niemals raten – fünfzehnhundert Kubikmeter pro Sekunde!

Eine himmlische Vision, fährt Johannes der Täufer fort und späht über das trübe Wasser zu den kleinen Bäumen am gegenüberliegenden Ufer, wo alles schön ist, außer dem Bösen. Droben am Himmel gibt es keinen Bedarf für Ästhetik. Hier auf der Erde suchen die Menschen das Schöne, weil es sie vage an das Gute erinnert. Das ist der einzige Grund für die Ästhetik. Sie ist die Erinnerung an etwas, das verlorengegangen ist.

Schaut euch den Kerl an, der da in seinem Barchino rudert! sagt Irrwisch. Von hier aus kann man die Strömung nicht spüren. Wenn man zum Wasser hinuntergeht, kapiert man es. Sie ist unwiderstehlich.

Hey, Mann! sagt Tenebrium, lassen Sie uns auf Ihrem Motorrad mitfahren?

Bis es dunkel wird, fährt Jean Ferrero den Treidelpfad auf und ab – zunächst mit Tenebrium hinter sich, dann mit Irrwisch und schließlich mit Johannes dem Täufer. Er fährt langsam, und er beobachtet den Uferstreifen des Flusses, der immer vertrauter wird, als überquere er ihn bei jeder Fahrt wie ein Fährmann.

Unverständliche Lautsprecherdurchsagen über Ab-
fahrt- und Ankunftzeiten und der rauschende Lärm
eines großen Bahnhofs. In der Haupthalle der Hlavná
Stanica in Bratislava suche ich nach Zdena. Sie ist nicht
da. Ich gehe hinaus zu dem Platz, wo die Taxis warten,
und da höre ich die Stimme eines Mannes. Ich weiß
nicht, wem sie gehört.

Hab ihn grade noch rechtzeitig erspäht, den grauen
Mercedes 500 SL, der sich am anderen Ende des Hot-
dog-Standes einfädelt. Sehe, daß Vlady sich einen weiteren Kofferkuli geschnappt hat. Sein dritter heute
Nachmittag. Einhundert *balles* – es sei denn, er dreht ihn
für zweihundert einem Reisenden mit Gepäck an, der
sehr spät kommt. Muß den grauen Mercedes 500 SL
unter Kontrolle behalten. Mit Autorität unter Kontrolle
behalten. Ohne Autorität bin ich Hundescheiße. Ich
versuche es, Freund, mit meinem Kopf, dem Hals, den
Schultern, der rechten Hand, dem Blick, den Mercedes
500 SL mit Autorität unter Kontrolle zu behalten – als

hätte ich Zeit, als hätte ich eine Uniform mit Schirm-
mütze, als hätte ich blankpolierte Stiefel und keinen
zerrissenen Anorak, keine Pudelmütze und keine klaf-
fenden Turnschuhe ohne Schnürbänder. Ich muß den
Blick des Fahrers erhaschen. Wenn ich ihn erhasche, ist
es an mir, ihm den freien Parkplatz anzubieten. Er hat
ihn vielleicht schon erspäht, wenn ich jedoch seinen
Blick erhasche, wird der Platz meiner, ehe er seiner wird.
Es wird der Platz, den ich für ihn reserviert hatte. Vor
einer Minute freigeworden. Ich werde wie der Blitz dort
sein. Er wird in die Tasche langen und mir hundert oder
mit etwas Glück zweihundert in die Hand drücken. Eine
Dose Pilsener. Ich werde den SL im Auge behalten, Sir.
Einer von uns ist die ganze Zeit hier, Sir, keine Sorge.
Vierhundert. Vielleicht sogar fünf. Ich erhasche den
Blick des Fahrers nicht. Er will einfach nicht zu mir
hersehen. Zumindest kann ich die Tür aufmachen, den
Türgriff ergreifen. Er stößt die Tür auf, außerhalb meiner Reichweite. Er verriegelt das Auto mit Fernbedie-
nung und stiefelt davon. Habe nicht mal Zeit, um
meinen Namen loszuwerden. Kein Name. Ich bin Der
Scheißer Dort. Habe, hatte, hatte doch immer ein Ta-
schenmesser in der Anoraktasche. Könnte ich doch in
die Reifen des SL rammen. Find's nicht. Schwarzer rus-
sischer ZIL kommt an. Limousine, mit zugezogenen
Gardinen vor den Heckfenstern. Fahrer Kaukasier. Er
würde mich überfahren, wenn er könnte. Er versucht's ...

Bleiben Sie über Nacht, sagt Irrwisch zum Eisenbahner, wir haben Matratzen, und wir machen ein Risotto.

Wollt ihr mir sagen, wer Captain Crunch war?

Ist. Er lebt noch, er versteckt sich.

Haben Sie von dem 2600-Hertz-Ton gehört? fragt Tenebrium.

Der Eisenbahner schüttelt den Kopf.

Es ist ein hohes A, das vom Bell-Telephonsystem benutzt wird, um das Ende eines Telephonanrufs anzuzeigen. Also, der Kerl, der sich Captain Crunch nennt, hat entdeckt, daß eine Spielzeugpfeife aus Plastik, die Quakers Oats jedem Paket ihres Getreideprodukts mit Namen Captain Crunch beilegte, diesen A-Ton ganz genau wiedergab, wenn man einen winzigen Klecks Klebstoff auf das Austrittsloch tat.

Können Sie folgen? fragt Johannes der Täufer.

Warum nicht?

Indem er also mit dieser Spielzeugpfeife in ein Telephon blies, verschaffte sich Captain Crunch Eintritt in den Cyberspace des Telephonsystems, und auf diese Weise konnte er verhindern, daß ein Ferngespräch auf dem Zähler des Telephons verbucht wurde, von dem aus er gerade telephonierte. Auf diese Weise konnte er umsonst um die Welt telephonieren! Er konnte sich Gespräche von sonstwo anhören! Das war vor mehr als zwanzig Jahren. Später verlegte er sich auf Computer und wurde weltweit zum Meisterhacker.

Fast alles, was wir wissen, sagt Johannes der Täufer, kam ursprünglich von ihm. Er hat gezeigt, daß es möglich ist, in die Systeme einzubrechen.

Er war es, sagt Tenebrium, der den Begriff der Silikon-Bruderschaft erfunden hat, und über den ganzen Planeten verstreut sind wir einige tausend – darunter auch dieses andere Genie, das wir in Danzig gefunden haben. Wir haben Zugang zu seinem Bulletin Board, daher wissen wir das.

Wir haben auch ein Virus erfunden.

Das ist nicht unsere Haupttätigkeit.

Wir hacken, um zu leben! sagt Irrwisch, wir hacken, um auf dem Planeten zu bleiben.

Und um ihnen zu zeigen, daß sie uns den Zugang nicht verbieten können und niemals können werden. Wir können alles runterladen.

Das Paradies ist nicht dazu da, um darin zu leben, sagt Johannes der Täufer, sondern um es zu besuchen.

Wissen Sie, was ich gedacht habe, sagt Irrwisch, als ich hinter Ihnen auf dem Motorrad saß? Sie suchen nach einem Wegweiser, nicht wahr, wenn Sie irgendwohin fahren, Sie suchen nach dem Wegweiser des Ortes, wo Sie hinfahren, und sobald Sie einen auftreiben, bekommt jede Gegend, wohin die Straße Sie auch führt, durch Wälder, an Flüssen entlang, vorbei an Schulen und Gärten und Krankenhäusern, durch Vororte und durch Tunnel, bekommt jede Gegend, wohin die Straße Sie auch führt, einen Sinn durch den Namen, den Sie auf dem Wegweiser gelesen haben. Und genauso ist es bei uns auf unseren Reisen, sobald wir einmal durch eine Hintertür eingedrungen sind, wissen wir, wonach wir suchen. Im Leben, glaube ich, kann es der Name eines Menschen sein, nicht eines Ortes, der allem, was du findest, einen Sinn geben kann. Ein Mensch, den du begehrst, oder ein Mensch, den du bewunderst. Das jedenfalls glaube ich in diesem Moment, Monsieur.

Wir hacken, um auf dem Planeten zu bleiben, wiederholt Johannes der Täufer.

Ein schwankendes Fahrzeug, ein Zischen von Rädern, die nicht auf Schienen laufen, sondern auf Asphalt, ein Motorbrummen, ein Gefühl, gepolstert zu sein wie ein Kind, das auf einem Sofa schlummert, Stimmen, die auf slowakisch lange Geschichten erzählen, auf dem rückwärtigen Sitz ein Paar auf Hochzeitsreise, die Braut hält noch ihre Rosen in der Hand, recht weit vorne eine Gruppe von Ladenbesitzern, die auf Glaswaren spezialisiert sind und die Fahrt machen, um sich venezianische Glasbläser anzuschauen, ein böhmischer Tanz kommt aus dem Lautsprecher, ein schwacher Geruch nach Bier. Zdena befindet sich in dem Bus, in den sie vor dem Bahnhofsgebäude von Bratislava gestiegen ist.

Sie sitzt neben einem kahlköpfigen Mann, der einen dunklen Anzug mit Nadelstreifen trägt, wie sie seit zwanzig Jahren aus der Mode sind. Sie haben zwei Stunden lang nebeneinander gesessen und kein Wort gesagt. Nicht einmal die Ankunft in Wien hat sie zum Sprechen gebracht. Er nahm seinen Hut vom Kopf, und sie streifte sich die Schuhe ab. Danach zog sich jeder in seinen persönlichen Limbus zurück. Sie sah zum Fenster hinaus, und er las Zeitung.

Jetzt öffnet er seine Dokumententasche und nimmt ein Päckchen in braunem Papier heraus. Er wickelt es aus und findet Bratensandwiches darin. Er hebt das ganze Päckchen hoch und bietet ihr eins an. Sie schüttelt den Kopf. Er zuckt die Achseln und beißt in sein eigenes Sandwich.

Ist Ihnen aufgefallen, sagt er mit vollem Mund, daß die Essiggurken, die *kysléuhorky*, immer saurer werden?

Sie sagt nichts.

Ist das Ihr erster Besuch in Venedig?

Ja, der erste.

Sie hat eine Stimme, die nicht zu ihrem zurückhaltenden Erscheinungsbild paßt. Die Stimme einer geborenen Sängerin, die nicht nach Ausdruck suchen muß, da Ausdruck die Begabung dieser Stimme ist. Die drei Wörter – Ja, der erste – haben geklungen, als wären sie eine ganze Lebensgeschichte. Er muß mindestens fünfzehn Jahre älter sein als sie.

Sie wendet sich wieder dem Fenster zu. Bald wird es dunkel sein. Das letzte Sonnenlicht erhellt die fernen Berge, eine zwischen Hügeln verborgene Kirche, Blätter, Millionen und Abermillionen von Blättern, die nächsten am Straßenrand durch den Luftzug des vorbeifahrenden Busses in Bewegung gesetzt, dreistöckige Dorfhäuser, Apfelbäume, viele Holzzäune, ein einsames Pferd.

Ich bin sicher, daß Ihnen Venedig gefallen wird, sagt er.

Ich steige dort bloß um, sagt sie.

Es ist der Moment in den Bauernhöfen dort draußen,

da die Hühner für die Nacht eingesperrt werden und alte Frauen Zeitungspapier zusammenknüllen, es mit dem Anmachholz in den Ofen stopfen und nach ihrer Schachtel Streichhölzer suchen.

Warum nehmen Sie keine Apfelsine? In Venedig werden wir schon Kirschen bekommen. Wohin fahren Sie anschließend?

Zur Hochzeit meiner Tochter.

Ein erfreulicher Anlaß also.

Wohl kaum. Meine Tochter ist HIV-positiv.

Ohne einen Augenblick nachzudenken, hat Zdena dem Mann, der ein Fremder ist, erzählt, was ihren nahen Freunden zu erzählen sie zögerte. Sie starrt ihn an, als hätte er, nicht sie, etwas Schockierendes gesagt. Die Haut auf seinem kahlen Kopf ist so glatt wie ein Seidentuch, das mit einem Bügelspray angefeuchtet wurde.

Das tut mir leid, murmelt er.

Ja, das sollte es auch!

Der Fahrer dreht die Musik leiser und kündigt über den Lautsprecher an, daß der Bus in fünf Minuten bei einem Gasthaus halten wird, damit die Leute auf die Toilette gehen und Erfrischungen kaufen können.

Es dauert lange, sagt der kahlköpfige Mann, und bis dahin kann es sein...

Sind Sie Arzt?

Nein, ich fahre Taxi.

Sie erwarten doch nicht, daß ich das glaube! Was machen Sie hier in einem Reisebus, wenn Sie Taxi fahren?

Ich bin es leid zu fahren, erklärt er.

Sie haben nicht das Gesicht eines Taxifahrers! gibt sie zurück.

Ich kann's nicht ändern ... Ich fahre Taxi ... und ohnehin sind Autos in Venedig nutzlos ... in Venedig geht
man zu Fuß.

Zdena hält inne, vielleicht um sich zu fragen, was sie
tut.

Ein Taxifahrer. Es ist kaum zu glauben, sagt sie.

Wir alle erleben Dinge, die schwer zu glauben sind,
sagt der Mann, Dinge, die wir uns niemals vorgestellt
haben.

Vierzig Minuten Rast, verkündet der Fahrer über den
Lautsprecher, keine Minute länger bitte.

Laß die Katze ruhig auf meiner Brust liegen. Ich habe sie
gern dort, Gino. Sie schnurrt. Man sagt, daß Katzen,
wenn sie auf einem liegen, die statische Elektrizität weg-
nehmen. Angst macht viel Statik. Sie hat keine Angst.
Sie weiß von nichts. Ihre Wärme geht mir direkt in die
Knochen. Ich spüre sie zwischen meinen Rippen
schnurren. Ja, mach das Licht aus. Ich glaube, ich werde
schlafen.

Als Zdena und der kahlköpfige Mann, der Tomas heißt,
in den Bus zurückkehren, sind sie ins Gespräch vertieft.

Was soll ich ihr sagen, wenn ich sie sehe? Ich kann
Lügen nicht ertragen. Mein ganzes Leben lang hab ich
gegen Lügen angekämpft – zu meinem Schaden. Doch
es ist stärker als ich. Ich kann Lügen nicht ertragen.

Sie haben eine Stimme, die nicht lügen könnte. Es
gibt Stimmen, die können nicht lügen.

Und?

Es gibt keine Notwendigkeit zu lügen. Was Sie brauchen, ist Gelassenheit.

Ich habe sie seit sechs Jahren nicht mehr gesehen. Wie Sie sich denken können, gebe ich mir die Schuld: wenn ich bei ihr gewesen wäre, hätte das nicht passieren können. Ich hätte nicht zurückkommen sollen, ich hätte bei ihr in Frankreich bleiben sollen. Sie brauchte mich. Natürlich gebe ich mir die Schuld.

Es gibt keine Schuld.

Sie ist so jung, so jung.

Wen die Götter lieben...

Es gibt keine Liebe bei SIDA. Ich bin Wissenschaftlerin, sagt Zdena, ich weiß, wovon ich rede. Keine Liebe. Nicht ein Stück.

Sie dürfen nicht in Panik geraten, Bürgerin.

Bürgerin! Sie sind der zweite Mensch in dieser Woche, der mich Bürgerin nennt. Ich dachte, unsere alte Anredeform wäre auf dem Müll gelandet.

Hören Sie sie gern?

Ich glaube schon, jetzt, da sie nicht mehr gebräuchlich ist. Als sie gebräuchlich war, habe ich die Heuchelei darin gehabt. Heute erinnert sie mich an meine Zeit als junges Mädchen, als ich davon träumte, aufs Konservatorium zu gehen.

Ein Schweigen tritt ein. Beide erinnern sich.

Sie heiratet also, sagt der Mann.

Ein Italiener hat sich in sie verliebt und besteht darauf, sie zu heiraten. Verrückt.

Weiß er Bescheid?

Natürlich.

Warum ist er verrückt?

Seien Sie vernünftig, er ist verrückt.

Sie will nicht heiraten?

Sie will alles, und sie will nichts. Sie können keine Kinder bekommen. Ich werde niemals wissen, was sie fühlt. Niemand anderes kann es wissen. Doch ich fühle es hier! Sie verwendete das slawische Wort *douchá*, und die Art und Weise, wie sie es aussprach, während sie die Hand an den Halsansatz legte, zeigte, obwohl Zdena klein und leicht wie ein Vogel war, die Unermeßlichkeit ihrer Sehnsucht und ihrer Verzweiflung.

Draußen sind die Bäume schwärzer als der Himmel, und der Fahrer läßt eine alte Kassette mit einer Verdi-Oper laufen. Das Paar auf Hochzeitsreise schmust, und die Ladenbesitzer machen Dosen mit Bier auf.

Ist er arbeitslos, Ihr künftiger Schwiegersohn?

Er verkauft Kleidung, Herrenbekleidung.

Da arbeitet er also in einem großen Warenhaus.

Nein, auf Straßenmärkten. Er heißt Gino.

Das ist die Kurzform von Luigi.

Ja, Herr Taxifahrer!

Wenn ich recht verstehe, kennen Sie ihn gar nicht?

Hier habe ich ein Photo von den beiden in Verona, meine Tochter hat es geschickt.

Sie ist sehr schön, Ihre Tochter, und sie sieht bereits wie eine Italienerin aus! Was Gino betrifft, mit seiner großen Nase, seinen großen Zähnen und seinen schmalen Handgelenken, so gleicht er genau einem jungen Mann, den Lucas van Leyden gezeichnet hat. Vor langer Zeit, vor fast fünfhundert Jahren. Ich habe eine Postkarte von der Zeichnung zu Hause. Lucas hat sie

wahrscheinlich ein paar Monate, nachdem er Albrecht
Dürer getroffen hatte, angefertigt – die beiden haben in
Antwerpen ihre Zeichnungen ausgetauscht.

Wie kommt's, daß sie so viel wissen?

Gino und der Mann auf van Leydens Zeichnung haben dieselbe Art von Unabhängigkeit. Sie gehört zu
ihrem Gesicht – zu diesen Zähnen und dieser Nase. Sie
hat nichts mit der gesellschaftlichen Stellung zu tun.
Männer wie sie haben niemals Macht. Sie sind Reiter.
Viel später haben die Amerikaner aus dem Reiter einen
Cowboy gemacht, doch er ist viel älter als Amerika. Es
ist der Mann in den Volksmärchen, der kommt, um
einen auf seinem Pferd zu entführen. Nicht zu seinem
Palast; er hat keinen. Er lebt in einem Zelt im Wald. Er
hat nie rechnen gelernt –

Wenn er auf einem Straßenmarkt Kleidung verkauft,
würde ich doch denken, daß er rechnen kann!

Mit Preisen ja, mit Konsequenzen nein.

Deshalb sage ich ja, er ist verrückt, er weiß nicht, was
er tut.

Er weiß genau, was er tut. Mehr als Sie oder ich wissen, was wir tun. Wenn wir eine Sache tun, wenn wir
beschließen, etwas zu tun, dann denken wir bereits daran, wie es sein wird, wenn es getan ist, wenn es vorbei
ist. Er nicht. Er denkt nur an das, was er im Moment tut.

Seine Leidenschaft ist es offenbar, auf dem Po zu
angeln.

Seine Leidenschaft ist Ihre Tochter.

Zdena senkt den Kopf, als schämte sie sich. Der Bus
kommt an einem Schloß vorüber, mit Lichtern in allen
Fenstern und Hunderten geparkter Autos davor.

Lucas van Leyden, sagt der kahlköpfige Mann nach einem Schweigen von einigen Minuten – einem Schweigen, das vom Schnarchen der bereits eingeschlafenen Fahrgäste begleitet wurde – Lucas van Leyden starb, noch ehe er vierzig war.

Ich glaube nicht, daß niederländische Maler des sechzehnten Jahrhunderts in Bratislava mit dem Taxi fahren – woher wissen Sie das alles?

Ich nehme jeden Tag hundert Postkarten mit, um sie mir anzusehen, während ich auf eine Fahrt warte.

Zdena hebt den Kopf, und zum erstenmal seit Wochen lacht sie.

Der kahlköpfige Mann schüttelt den Kopf und lächelt.

Dann sagt sie: Wenn ich Ihnen so zuhöre, habe ich das Gefühl, Sie entfalten Ihr enzyklopädisches Wissen – denn das ist es ja wohl –, um sich nicht dem Schmerz von alldem stellen zu müssen, der Grausamkeit des Lebens.

Unter dem Ancien régime, sagt er, habe ich für eine Enzyklopädie gearbeitet.

Das erklärt alles!

Nicht alles.

Alles, was Sie betrifft! Sie lacht wieder.

Die *Enzyklopédia Slovenska,* verkündet er.

Ich habe sie zu Hause. Haben Sie in der Redaktion gearbeitet?

Ich habe versucht, mir die Maler vorzubehalten. Ich war Cheflektor.

Und jetzt?

Was erwarten Sie? *L'ancienne encyclopédie!* Es gibt doch

kein Geld. Wir wurden auf die Straße gesetzt, und jeder von uns hat fünfzig Ausgaben der Enzyklopädie zum Verkaufen bekommen. Wenn es uns gelang, konnten wir das Geld für uns behalten.

Ich wette, sie waren schwer zu verkaufen.

Ich habe keine einzige verkauft. Ich habe mein Auto behalten und bin Taxifahrer geworden.

Sie verlieren Ihren Arbeitsplatz bei einer Enzyklopädie, Tomas, und ich fange an, ein Wörterbuch politischer Begriffe zusammenzustellen. Wir sind politische Gegner.

Meine Frau macht Kleider... Nein, nicht... doch, nur zu... weinen Sie.

Ich habe kein einziges Mal geweint.

Dann weinen Sie, meine Liebe, weinen Sie.

Ihr Schluchzen kommt immer schneller, und damit man es nicht hört, verbirgt sie den Mund im Jackett des Mitreisenden. Später versucht sie zu sprechen, doch sie kann ihre Stimme nicht wiederfinden. Dann sagt sie:

O schwarzer Berg, der du das
Licht verdunkelt hast!
Zeit ist, Zeit, dem Schöpfer
Hinzuwerfen den Paß.

Der Bus brummt die Autobahn entlang. Die Ladenbesitzer trinken ihr letztes Bier. Die Braut legt den Kopf in den Schoß ihres schlafenden Mannes. Und Tomas legt seinen Arm um die Frau aus Bratislava, die Zwetajewa zitiert hat.

Bald werden alle Fahrgäste eingeschlafen sein, und

der Fahrer wird die Musik abstellen. Es ist leichter für ihn, wach zu bleiben, wenn die Musik ausgeschaltet ist.

Ich stand an der Bar in Piräus. Niemand sonst war da. Yanni war zu Bett gegangen. Ich hatte die letzte Bahn zurück nach Athen verpaßt, und ich wartete darauf, daß Yannis Enkel mich hinauf zu der Terrasse brächte, wo ich schlafen würde. Die Stimme, die ich in der verlassenen Bar hörte, klang betrunken.

Daß das klar ist, Schmerz fügt man zu, den empfängt man nicht. Die es erwischt, die sind Dreck. Sie können sich nicht wehren, das zeigt, daß sie Dreck sind. Sieh dir an, wie sie reden. Schmerz fügt man zu, wenn man muß. Und zum Lohn bist du der Herr. Oben sein heißt, am Leben sein. Sie glauben, sie sind am Leben, aber sie sind's nicht. Sie wurden nicht ordentlich gemacht, es sind Bastarde. Sie krebsen rum. Krebsen rum und flehen. Hörst du ihnen zu, bist du verloren. Sich selbst überlassen, würden sie länger leben als wir. Zauderst du, schlitzen die Männer dich auf. Mit den Frauen weißt du, was zu tun ist. Sie hassen nur, wenn du sie hassen läßt. Fick sie, bevor sie hassen. Wenn du nicht zeigst, wer du

bist, wirst auch du zu Dreck. Fick sie. Fühl, wie sie
schlaff werden. Männer und Frauen, wenn auch nicht
aus den gleichen Gründen. Jeder, der schlaff geworden
ist, macht dich stärker. Das erste Mal ist es besser, wenn
du ein paar Kumpel dabeihast. Du kennst deine Stärke
noch nicht. Und wenn du deine Stärke nicht kennst, bist
du schwach. Das stimmt in jeder Sprache. Nachher ist es
Routine. Du sagst dir selbst – ich hab's einmal getan,
passiert ist passiert, was zum Teufel soll's? Ich hab's ein
dutzendmal getan, also scheiß auf die Frauen. Ich hab's
zwanzigmal getan. Es macht keinen Unterschied. Du
kriegst eine Wut, die dich schüttelt. Dann ist's schon zu
spät. Das machen wir alle mal durch. Dann legt sich die
Wut, und du weißt ganz genau, wer du bist und was du
tun kannst. Herr sein heißt, am Leben sein – bis du tot
bist. Amen.

In der Hütte am Ufer, wo Jean Ferrero schläft, hört man
den Fluß: er macht ein Geräusch wie Lippen, an denen
man leckt, weil der Mund trocken ist. Doch Flüsse reden
niemals, und ihre Gleichgültigkeit ist sprichwörtlich.
Die Alamana, der Po, der Rhein, die Donau, der Dnjepr,
die Save, die Elbe, die Koca, wo einige versprengte Soldaten Alexanders des Großen mit Nachzüglern der
persischen Armee kämpften, in einem Scharmützel, das
nicht überliefert ist – es gibt keinen großen Fluß irgendwo, für den nicht Männer in der Schlacht gestorben
sind, wobei ihr Blut in wenigen Minuten fortgewaschen
war. Und in der Nacht nach den Schlachten fangen die
Massaker an.

Der Busfahrer fährt langsam, denn die Sicht ist schlecht. Die Scheibenwischer bekommen die Windschutzscheibe kaum klar, und sie kratzen wie eine Harke. Die Scheinwerfer erleuchten eine Wand aus fallendem Schnee, hinter der er nichts erkennen kann. Er geht auf Schrittgeschwindigkeit herunter und bleibt schließlich stehen, zieht die Handbremse an und schaltet den Motor aus.

Da der Motor stillsteht, wirkt der Lärm der schlafenden Fahrgäste lauter: Schnarchen, das Gurgeln tiefer Atemzüge, ein Murmeln wie von einer Orgel, nachdem der Organist aufgehört hat zu spielen. Außerhalb des Busses Stille, die Stille von Federn.

Zdena regt sich, öffnet ein Auge, blinzelt, wischt das beschlagene Fenster mit der linken Hand. Abgewischt, offenbart es nichts anderes. Fallende Schneeflocken, so dicht nebeneinander, daß sie sich berühren.

Wir haben uns verfahren. Sie sagt das zu dem Mann, gegen dessen Schulter gelehnt sie geschlafen hat.

Der kahlköpfige Mann öffnet die Augen und gewahrt den Schnee.

Wir müssen in der Nähe von Packsattel sein, sagt er. Aber ich verstehe nicht, warum wir angehalten haben.

Weil wir nicht weiterkommen.

Sie lehnt an seiner Schulter, noch immer halb im Schlaf.

Wir sollten imstande sein weiterzukommen, sagt sie, wir sollten, aber wir sind's nicht. Man sagt, der Kommunismus ist tot, aber wir haben den Mut verloren. Wir haben nichts zu fürchten, und wir haben Angst vor allem.

Wenn etwas sterben soll, sagt der Mann, wenn etwas tot sein soll, dann muß es erst mal am Leben sein. Und das war beim Kommunismus nicht der Fall.

Sie hatten einen Parteiausweis!

Also kann man nicht davon sprechen, daß er tot ist. Davon zu sprechen, daß er tot ist, ist eine Dummheit.

Werden wir hier auf ewig bleiben? Hier auf ewig bleiben. Ewig. Auf ewig?

Schsch... Ich werde Ihnen eine Geschichte erzählen. Hören Sie mich?

»Laß mich vom Gipfel des Berges den Kummer singen«, Zdena zupft leicht am Ärmel des Mannes. Das ist ebenfalls Marina Zwetajewa, wissen Sie?

Einmal, sagt Tomas, einmal gab es einen Mann, der hieß Ulrich. Er lebte an der Koralpe, wahrscheinlich nicht weit von dem Ort, wo wir jetzt sind. Das war vor fünfzig Jahren.

Um die Zeit etwa hat sich Marina aufgehängt, sagt Zdena.

Ulrich hatte eine Hütte hoch oben auf dem *alpage*, vier Stunden Fußmarsch von der Straße aus. Jeden Sommer brachte er seine Ziegen und seine beiden Kühe dort hinauf. Des Morgens pflegte er barfuß durchs Gras zu gehen und mit einer Schaufel den ganzen Kuhmist, den er finden konnte, aufzusammeln und auf einen Haufen zu werfen. Er tat das, wie man zu Hause mit dem Staubsauger über einen Teppich geht. Alle Männer auf dem Alpage taten dasselbe, denn die Kühe wollen kein Gras fressen, auf dem tagelang Scheiße gelegen hat, und in der grimmigen Unermeßlichkeit dieser Berge ist jeder Quadratmeter von grünem Gras kostbar.

Da der Bus nicht fährt, setzen sich die Schneeflocken an den Fenstern fest, und das sieht aus wie gehäkelte Spitzengardinen. Ruhig geworden, schmiegt Zdena das Ohr an die Schulter des Mannes.

Es gab ein Jahr, da setzten die Schneefälle früher ein, als irgend jemand erwartet hätte, fährt der kahlköpfige Mann fort. Und so beschloß Ulrich, nicht mühsam den Weg hinabzusteigen, sondern den Winter auf der Hütte zu verbringen. Er machte einen Tunnel durch den Schnee zum Stall und zur Scheune hin, wo das Heu gestapelt war. Er blieb den ganzen Winter über an der Berglehne, und keines seiner Tiere starb.

Der kahlköpfige Mann läßt seine Hand auf ihrem Haar ruhen. Ihr Haar ist kurz und lockig mit Spuren von Grau an den Wurzeln. Sie ist kurz davor einzuschlafen.

Die Dorfbewohner im Tal hatten Angst um Ulrich. Die anderen Männer waren alle heruntergekommen. Wenn Ulrich den Winter dort oben verbringt, sagten sie, wird er verrückt werden. Als der Frühling kam und der Schnee schmolz, stiegen einige Dorfbewohner hinauf, um Ulrich zu besuchen. Er hieß sie in seiner Hütte willkommen, er bot ihnen Feuerwasser an und schien voll und ganz er selbst zu sein. Wir müssen abwarten und sehen, sagten die Dorfbewohner auf dem Weg hinab, diese Dinge brauchen Zeit.

Indem er ihr Haar zwischen den Fingern seiner großen Hand hält, verhindert er, daß ihr Kopf herabrutscht und zu tief sinkt, und das sanfte Ziehen an der Kopfhaut hält sie gerade wach genug, daß sie einige der Worte hört.

Noch ehe im nächsten Jahr die Schneefälle einsetzten, beschloß Ulrich, nicht ins Tal hinabzugehen, sondern den Winter mit seinen Tieren an der Berglehne zu verbringen. Und das tat er denn auch. Er sorgte dafür, daß es genug Heu gab und daß alle überlebten. Auf diese Weise vergingen die Jahre. Manchmal setzten die Schneefälle früh ein, manchmal spät, doch Ulrich kam nie wieder für den Winter ins Tal hinab.

Jahre später ging der Dorfschulmeister im Sommer hoch in den Bergen spazieren, und da traf er Ulrich, und so fragte er ihn: Ulrich, warum kommst du nie mehr ins Dorf zurück, wenn die Schneefälle einsetzen? Und Ulrich antwortete: Stellen Sie sich vor, Herr Schulmeister, stellen Sie sich vor, wie schwer es für einen Mann wäre, sechs Monate in einem Dorf zu verbringen, umgeben von Leuten, die überzeugt sind, daß er verrückt ist! Da bin ich hier besser aufgehoben.

Der kahlköpfige Mann spürt das regelmäßige Atmen der Frau. Schlaf, kleine Mutter, schlaf.

Halt mich fest, Gino.

Eines Abends, sagt eine Stimme, die Spanisch spricht,
kam ein gesunder zwölfjähriger Junge aus einer armen
Familie landloser Bauern in den Grenzgebieten des Río
Cuichal nicht nach Hause. Der Vater suchte tagelang
nach seinem Sohn und sagte schließlich, er müsse ent-
führt worden sein. Es gab andere Fälle, von denen er
gehört hatte. Gestern wurde dieser Junge in der Stadt
Tlatlauquitepec gefunden. Bei eingehender Befragung
sagte er, er könne sich nur daran erinnern, wie er in
einem Bett aufgewacht sei und Gestalten in weißen
Mänteln auf ihn herabgesehen hätten. Untersuchungen
zeigten, daß man ihn operiert hatte. Heute hat er nur
noch eine Niere. Die zweite hat man ihm für eine Trans-
plantation gestohlen. Die Organisationen, die gestohle-
ne Organe entnehmen und verkaufen – und die holen
sie sich bei ganz jungen Leuten, weil sie gesünder sind –,
lassen sich in US-Dollar bezahlen. Ich gebe den Namen
des Jungen nicht an, weil seine Familie, zu der er in die

Grenzgebiete des Río Cuichal zurückkehrte, Vergel-
tungsmaßnahmen fürchtet.

Halt mich fest, Gino.

Der Eisenbahner windet sich aus dem Schlafsack, während die Jungen noch schlafen. Johannes der Täufer liegt nackt auf einer Matratze in der Ecke, sein Geschlecht wie ein Jungvogel auf einem schwarzen Nest. Im Frühlicht draußen ist es unmöglich, die andere Seite des Po zu sehen. Jean schiebt sein Motorrad vom Ständer, zieht den Choke und drückt den Startknopf. Er folgt dem Pfad, auf dem er gestern abend die Jungen hin- und hergefahren hat, bis er zur Fähre gelangt, dann nimmt er die Straße nach Ferrara.

Als Zdena aufwacht, gibt es keinen Schnee mehr, und der Bus steht im Busbahnhof von Triest. Die Sonne ist aufgegangen, und der Sitz neben ihr ist leer. Sie blickt zum Gepäcknetz hinauf: er hat sowohl seinen Hut als auch seine abgewetzte Dokumententasche mitgenommen.

Habe ich Zeit, um mich waschen zu gehen? fragt sie den Fahrer, der Kirschen aus einer Papiertüte ißt und die Steine aus dem Fenster spuckt.

Der Fahrer blickt auf seine Uhr. Wir fahren in vier Minuten ab, sagt er.

Die Busladung von Fahrgästen aus Bratislava ist lebhafter als gestern. Heute sind sie in einem fremden Land, das bis vor kurzem ein verbotenes war. Sie sind in Italien – Land der Früchte und des Weins, eleganter Schuhe, Land des Schmucks, der Korruption und des Sonnenscheins. Die Jungverheirateten haben es eilig, in ihrem venezianischen Hotel ins Bett zu kommen. Die Ladenbesitzer haben es eilig, zur Sache zu kommen, jeden Unterschied zu vermerken und zu kaufen, was immer sie können.

Der Fahrer läßt den Motor an. Zdena steigt in den Bus, keuchend.

Sie können noch nicht losfahren, es fehlt noch ein Fahrgast.

Wenn jemand den Bus verpaßt, sagt der Fahrer, ist nicht der Bus schuld.

Bitte, warten Sie noch zwei Minuten, ich bitte Sie darum.

Wissen Sie, wie lange wir in Venedig Zeit haben, meine Dame, ehe ich zurückfahre? Acht Stunden, nicht mehr, und ich brauche ein wenig Schlaf.

Das ist nicht in Ordnung, sagte Zdena, Ihnen stehen vierundzwanzig Stunden zu.

Stehen zu! Du willst mehr als acht Stunden, schreien die, dann fahr für eine andere Busfirma, nicht für unsere!

Es ist gegen die Sicherheitsvorschriften, argumentiert Zdena.

Wen juckt das?

Ich weiß, daß er nach Venedig wollte, er hat es mir gesagt.

Er ist nicht der erste Mann, Liebchen, der in Triest verschwunden ist.

Er hatte eine Fahrkarte nach Venedig!

Er war der erste Fahrgast, der ausgestiegen ist. Sie haben noch geschlafen!

Bitte, noch einen Moment. Sie können die Zeit auf der Autobahn wieder aufholen.

Da gibt es eine Geschwindigkeitsbegrenzung.

Wen juckt das? Haben Sie doch gerade gesagt. Wen juckt das?

Sie öffnet ihre Handtasche und schiebt ein paar Hun-

155

dert-Kronen-Scheine unter die Papiertüte mit den Kirschen auf der Ablage an der Windschutzscheibe.

Ich nehme an, Sie sind Ärztin? sagt der Fahrer.

Nein, ich bin Ingenieurin.

Ich gebe Ihnen noch zwei Minuten, Frau Ingenieurin, keine Sekunde mehr.

Er legt die Handfläche flach auf den Signalknopf und hupt. Nicht einmal, sondern dreimal.

Das sollte ihm Beine machen, wenn irgend etwas dazu imstande ist! Und noch mal! Noch mal. Da ist er!

Redakteure von Enzyklopädien laufen selten. Der Mann, der an der Straßenecke aufgetaucht war, versucht zu sprinten, zusammengekrümmt, die Tasche gegen die Brust gedrückt, wie jemand, der am Eierlaufen teilnimmt. Alle, die vom Bus aus zusehen, lächeln, unter ihnen auch Zdena.

Als er sitzt, braucht es eine Zeitlang, bis er zu Atem kommt.

Ich habe den Bus für Sie aufgehalten, die wollten ohne Sie losfahren.

Als Antwort entfaltet Tomas eine Papierserviette und zeigt ihr zwei goldene Milchbrotwecken, verziert mit Zuckerkristallen und scharlachroten Beeren.

Ambrosia, Speise für die Götter, und die Thermosflasche habe ich mit Cappuccino füllen lassen.

Die beiden trinken aus blauen Papptassen, auf die weiße, Madonnen-ähnliche Figuren gedruckt sind, und der Schaum des Kaffees bleibt an seiner Oberlippe hängen. Dann beißen sie in die Wecken. Zdena hat perlengleiche, sehr regelmäßige Zähne.

Es ist schwer, sagt er. Wir leben auf der Klippe, und

es ist schwer, weil wir nicht mehr daran gewöhnt sind. Einst galt das jedem als selbstverständlich, ob alt oder jung, reich oder arm. Das Leben war schmerzhaft und gefährdet. Das Geschick war grausam. An Feiertagen gab es Brioches. Schmecken sie Ihnen?

Sie sind mit Marzipan gefüllt.

Und das hier sind Morellokirschen.

Zwei Jahrhunderte lang haben wir geglaubt, die Geschichte sei eine schnurgerade Straße, die uns in eine Zukunft führt, wie sie niemand zuvor je gekannt hat. Wir haben gedacht, wir wären allem enthoben. Wenn wir durch die Galerien der alten Paläste spazierten und all die Massaker sahen und die Sterbesakramente und die geköpften Häupter auf Servierplatten, alle gemalt und gerahmt an den Wänden, sagten wir uns, wie weit wir es gebracht hätten – natürlich nicht so weit, daß wir kein Gefühl mehr für sie gehabt hätten, doch immerhin weit genug, um zu wissen, daß wir verschont geblieben waren. Heute leben die Menschen viel länger. Es gibt Betäubungsmittel. Wir sind auf dem Mond gelandet. Es gibt keine Sklaven mehr. Wir wenden die Vernunft auf alles an. Selbst auf die tanzende Salome. Wir haben der Vergangenheit ihre Schrecknisse vergeben, weil sie im finsteren Mittelalter geschahen. Jetzt finden wir uns plötzlich weitab von jedweder Straße, wie Papageientaucher auf einem Felsvorsprung in der Dunkelheit hockend.

Ich kann nicht fliegen.

Sie sind nie geflogen, nicht einmal im Traum?

Vielleicht.

Es ist eine Frage des Glaubens.

In dem Fall ist es nichts Schlimmes, auf ihrem Felsvorsprung zu sitzen, oder?

Es ist Zdena zuvor nie in den Sinn gekommen, daß
ein Fremder sie auf ihren Kummer ansprechen und daß
sie deshalb mit ihm flirten könnte. Sie möchte über die
Absurdität des Gedankens weinen und vor Erleichte-
rung lächeln.

Sie müssen Angst haben.

Angst habe ich.

Dann werden Sie fliegen.

Schauen Sie! Sie zeigt durch das Fenster, wo die
Schneeflocken ihren Vorhang gebildet hatten. Schauen
Sie – da ist das Meer.

Wir sind nicht mehr daran gewöhnt.

Zu fliegen?

Nein, auf der Klippe zu leben.

Das Meer ist ganz ruhig.

Es wird zurückkehren.

Sie meinen, eines Tages werde ich mich daran gewöh-
nen.

Manche Dinge werden vertraut, ohne daß man sich
an sie gewöhnt.

Die Verzweiflung ist vertraut, Tomas, meinen Sie
nicht?

Natürlich kann man nicht umhin, sich weniger
Schmerz vorzustellen, weniger Ungerechtigkeit.

Lieber Gott, warum?

Man hat sich dieselbe Frage gestellt, Zdena, in Ninive
und Ägypten. Man hat sie während des Schwarzen Todes gestellt, als in Europa einer von drei Menschen an
der Pest starb ... Im vierzehnten Jahrhundert.

Sie mußten in Ihrer Enzyklopädie den Artikel über den Schwarzen Tod schreiben?

Es gab keinen. Es stand unter Feudalismus, Gründe für seinen Niedergang. Versuchen Sie eins von diesen, sie sind mit Walnüssen gemacht. Walnüsse galten einmal als Heilmittel für viele Hirn-Krankheiten.

Leicht geröstet, beseitigen sie die Verzweiflung! sagt sie schrill.

Die Sache mit den Italienern ist die, daß sie sich auf die Lust verstehen, all ihr Erfindungsreichtum geht auf die Lust. Sie sind das Gegenteil der Slawen.

Tatsächlich? Wenn Sie das sagen, dann erwarte ich, daß Sie recht haben, Tomas. Wir leben nur einmal, nicht wahr? Und heute müssen wir – nein, muß ich – muß – muß ich ohne Hoffnung leben.

Tränen treten ihr in die Augen.

Letzten Sommer, sagt der kahlköpfige Mann, habe ich eine Tempelruine besucht. Keine Inschriften. Keine Zeitangabe. Nur Gras, das wächst und verdorrt und wächst. Und das Meer drunten.

Draußen an Zdenas Fenster ziehen die Morgenfarben vorüber: Grüntöne, mohnrote, senfgelbe Töne. Ein Hügel weicht dem anderen, und die in der Ferne sind lavendelfarben. Sie überholen Lastwagen aus Sofia und Istanbul. Oben an der Windschutzscheibe blendet das Licht wie von hundert Schlüsselringen.

Ich sah einen geborstenen Bogen, sagt Tomas. Er rahmte den Himmel und ein kleines Dreieck des Meeres. Alles in so weiter Ferne, meine Liebe, und ganz allmählich, so allmählich, daß es vielleicht eine Stunde oder mehr dauerte, bemerkte ich, daß der Himmel, der von der Ruine gerahmt wurde, heller war, mehr Licht enthielt als der Himmel außen herum, und daß das kleine Meeresdreieck von tieferem Blau war als der Rest des Meeres. Optische Täuschung, werden Sie sagen! Und Sie sind die Wissenschaftlerin, und ich bin Ihr politischer Gegner mit dem Parteiausweis. Auf einem Felsvorsprung ... aber nicht ohne Hoffnung, Zdena.

Zdena fängt an, sich vor Lachen zu schütteln, unbeherrschbar. Und der kahlköpfige Mann wiederholt: Auf einem Felsvorsprung in der Dunkelheit, und er nimmt ihre Hand, die, die ihm am nächsten ist, um sie zu streicheln, während der Bus weiterbrummt. Schließlich beruhigt sie sich. Die beiden sitzen da. Zdena zieht ihre Hand nicht zurück, und als ein Bus aus Budapest sie überholt, greift der Mann nach ihrer linken Hand, deren Finger ihr so oft weh tun, und obwohl er das nicht weiß und niemals wissen wird, umfaßt er sanft die Finger, die weh tun, und erquickt sie, und sie sieht hinab auf die Hand des Mannes mit den Haaren, die sich zu Qs kringeln, und seufzt.

Zdena und Tomas trennen sich auf der Piazza San Marco, dem Platz in Venedig, wo sich die meisten Leute verabreden und treffen.

Ich höre, wie ein Gegenstand aus Glas poliert wird. Standa, das große Kaufhaus in Ferrara, hat gerade seine Türen geöffnet.

Der Eisenbahner in seinem schwarzen Lederzeug und den Motorradstiefeln geht einen Gang entlang, und als Silhouette gegen das Sperrfeuer von perlmutternen, mattierten Leuchten sieht er aus wie ein schwarzer Frosch, direkt aus Aristophanes. Die Böden sind aus Marmor, die Ladentische schwarz und die Gegenstände golden. All die Flakons – manche von ihnen gigantisch – enthalten goldene Flüssigkeiten.

Die Ladentische der Parfümhersteller sind angeordnet wie Puppenhäuser in Spielzeugstraßen. In jedem Haus sitzt eine Frau, bei der jedes Haar auf dem Kopf am richtigen Platz ist und deren Fingernägel in den Schattierungen vollkommener Muscheln lackiert sind. Manche dieser Frauen tragen eine Brille, manche sind jung, manche sind Mütter, eine stammt aus Kairo und eine aus einem Dorf im Trentino. Jeden Tag müssen sie, ehe sie ihre Arbeit beginnen, eine Stunde damit verbringen, ihr Gesicht zu präparieren. Sie alle müssen zeigen, daß sie einen Trank genommen haben, der sie davor bewahrt, jemals zu altern. Und die seltsame Folge davon ist, daß die jungen alt wirken.

Der Eisenbahner betrachtet eine Palette mit fünfzig verschiedenen Hautfarben darauf. Jeder Farbfleck ist rund, wie eine kleine Münze. Er späht und kommt dann, den Kopf vorgereckt, immer näher, wobei er unter den fünfzig Münzen nach der seiner Tochter sucht: der Farbe von Ninons Körper, wie er sie in Erinnerung hat von damals, als sie noch ein Kind war und er ihr unter der Dusche den Rücken schrubbte.

Suchen Sie ein Make-up-Set, Signore? Vielleicht kann ich helfen?

Hinter ihrer alterslosen Maske hat die *ragazza dei cosmetici* vorstehende Augen und die dicken Lippen eines temperamentvollen Menschen.

Ich hatte an ein Parfüm gedacht, sagt der Eisenbahner.

Für einen Mann oder eine Frau? fragt sie.

Eine junge Frau . . . meine Tochter.

Soll es für den Tag oder die Nacht sein?

Für eine Hochzeit.

Una festa di nozze!

Sie öffnet ihre weiten Augen noch eine Spur weiter. Sie sind mit blaßblauem Eyeliner perfekt nachgezeichnet und in diesem Moment leer und traurig.

Dann vielleicht ein Duft mit einem gewissen Gewicht, etwas Feierliches, ja?

Ich denke schon.

Haben Sie an ein bestimmtes von unseren Parfüms gedacht?

Nein.

Wir könnten mit Hazard beginnen?

Ich suche, sagt er, nach einem Duft, der schnell wirkt.

Sie stellt den Flakon, den sie gerade zur Hand genommen hat, wieder hin und mustert den Kunden: diesen schwarzen Frosch in Leder, der wie ein Fremder spricht und so seltsame Ausdrücke benutzt.

Damit es sie hochzieht, erklärt er.

Dann fangen wir doch mit Bakhavis an.

Damit sie hochgehoben wird.

Sie wählt einen Flakon unter vielen auf einem Tisch, besprüht die Außenseite ihres linken Handgelenks, reibt die Haut mit der anderen Handfläche und hält die Hand unter Jean Ferreros Kinn. Er atmet ein.

Ich weiß nicht, sagt er, es ist schwer, eine Wahl zu treffen.

Wie ist sie denn, Ihre Tochter, ist sie wie ich?

Nein. Sie hat Ihre Größe, das ist alles.

Was für eine Haarfarbe hat sie?

Sie wechselt sie. Als sie klein war, war sie blond.

Was für eine Stimme hat sie, ist sie hoch oder tief?

Das kommt darauf an, was sie sagt... Ich möchte, daß sie sich wie eine Königin fühlt.

Die Ragazza dei Cosmetici nimmt einen weiteren goldenen Flakon und besprüht sich den linken Arm ein Stück oberhalb des Handgelenks. Der Eisenbahner ergreift unvermittelt ihre Hand und hebt sie an seine Lippen. Man hätte denken können, er sei im Begriff, sie zu küssen. Unvertraut mit den rituellen Gesten, die zur Vorführung und Auswahl von Parfüms in gutsortierten Warenhäusern gehören, sind seine Handlungen nahezu gewalttätig, doch das amüsiert sie jetzt.

Noch mehr in der Art, sagt er.

Mehr was?

Mehr Verrücktheit! sagt er, wobei er immer noch ihre Hand hält.

In Ordnung. Da hole ich mal unsere jüngste Kreation. Sie ist neu in diesem Jahr und heißt Saba.

Saba?

Es ist fruchtig. Mit viel Ambra. Das könnte zu ihr passen.

Diesmal sprüht sie nahe ihrer linken Armbeuge. Er senkt das Gesicht. Und auf diese Weise umgibt ihr gebeugter Arm beinahe seinen Kopf.

Angenommen, Sie hätten eine Tochter, und Sie würden sie lieben und wollen, daß sie alles sofort bekommt, würden Sie ihr Saba schenken?

Sie läßt ihren Arm, wo er ist, und antwortet nicht. Er schließt die Augen. Das Geheimnis des Austausches zwischen Parfüm und Haut existiert sogar in einem Warenhaus. Einen Moment lang träumen die beiden, Ragazza dei Cosmetici und Eisenbahner, ihre verschiedenen Träume hinter einem Wandschirm, der die Welt draußen läßt.

Schließlich sagt sie: Die meisten Mädchen wären darüber sehr glücklich.

Erst dann zieht sie ihren Arm zurück.

Ich nehme eine kleine Flasche Saba.

Parfüm oder Eau de toilette?

Ich weiß nicht.

Das Parfüm hält länger, wenn sie es auf...

Dann beides.

Während sie die kleinen Schachteln in goldenes Papier wickelt und mit ihren Muschelfingernägeln eine Schleife in das Band knüpft, schaut sie den Fremden in seinem Lederzeug und den Stiefeln an und sagt: Wissen Sie was? Mein Vater liebt mich nicht besonders. Sie hat Glück, Ihre Tochter ... wirklich Glück.

Wasser. Stehendes Salzwasser, das das Leben einer Stadt schützt. Fehlte es, würde die Stadt auf hoher See ertrinken. Seit Jahrhunderten hat Venedig gelernt, mit der Lagune zu leben, mit ihrem Treibsand, ihren Deichen, ihren schmalen Kanälen für die Schiffahrt, ihrem Salz und ihrer befremdlichen Fahlheit.

Zdena sitzt hoch über dem Wasser auf dem Oberdeck eines *motonave*, das gerade abgelegt hat und nach Chioggia fährt, vierzig Kilometer in südwestlicher Richtung. Ihr Gabardinemantel ist zu einem ordentlichen Paket auf ihrem Koffer gefaltet, der neben ihr auf der Bank liegt. Sie trägt eine Sonnenbrille, denn die Lagune reflektiert erbarmungslos die heiße Sonne.

Direkt unterhalb von ihr schlendern Tausende von Touristen den Kai entlang. Von oben gesehen bilden die Dahinziehenden zwei entgegengesetzte Ströme, der eine in Richtung Dogenpalast, knochenweiß im Sonnenlicht mit seinen nackten Statuen und den gemeißelten Loggien, und der andere Strom nach Osten, an dem nur allzu bekannten Hotel Danieli vorbei, dessen grüne Fensterläden und gotische Fenster Salons und

Treppen verbergen, die in Gold und Weinrot gehalten sind.

Obwohl ihre Haut blaß ist und ihr gestreiftes Kleid fremdländisch aussieht, wirkt Zdena nicht wie eine Touristin. Sie erweckt den Eindruck, als hätte sie dieses Schiff schon viele Male genommen. Ihre kleinen Handlungen und Gesten sind alle wohlüberlegt – als wisse sie ganz genau, was sie tut und wohin sie fährt. Ein Schiffsoffizier, dem sie aufgefallen ist, weil sie mit ihren hohen Backenknochen und den traurigen Augen hübsch und wie er selbst nicht mehr jung ist, fragt sich, ob sie eine ausländische Ingenieurin ist auf dem Weg zur Inspektion einer der alten Salinen – man spricht davon, daß sie restauriert werden sollen.

Im Moment entnimmt sie ihrer Handtasche verschiedene Gegenstände, einen nach dem anderen, und legt sie methodisch auf ihren Schoß und auf den gefalteten Mantel. Indem das Motonave ein wenig an Geschwindigkeit zulegt, bewegt eine leichte Brise ihr Haar, so daß eines ihrer Ohren bloßliegt, wie bei einem Jungen. Vielleicht ist sie doch keine Ingenieurin, entscheidet der Offizier in der makellosen weißen Uniform, sie ist wohl eine Diätberaterin oder eine Physiotherapeutin.

Sie entnimmt ihrer Handtasche einen Schlüsselring, an dem ein silberner Bär als Andenken hängt. Ein schwarzes Tagebuch. Ein kleines Paket Papiertaschentücher. Ein völlig zusammengeknülltes Kopftuch. Einen Bleistiftstummel. Einen Radiergummi. Ein paar Walnüsse. Von Zeit zu Zeit hebt sie den Kopf, um sich die zurückbleibende Ufersilhouette der Stadt einzuprägen. Eine Silhouette wie eine Signatur, auf der ganzen Welt bekannt. Venezia!

Jenseits des Dogenpalastes erhebt sich der hohe Backstein-Campanile an der Piazza San Marco. Der zuvor dort erbaute Turm fiel 1902 in sich zusammen, wundersamerweise jedoch wurde niemand verletzt.

Jenseits von San Giorgio Maggiore, auf der Insel Giudecca in der Ferne, fängt irgend etwas auf der niedrigen, breiten Kuppel der Erlöserkirche das Licht ein. Es blinkt wie eine Nachricht. Ein loses Blech? Oder die Sonne, die irgendwo mit dem Wasser spielt? In ihrer Zeit war die Erlöserkirche eine Art Tama, wenn ich solch ein nobles Bauwerk mit den bescheidenen Objekten, die ich verkaufe, vergleichen darf.

Sie wurde 1576 geplant, einem Gelübde folgend. Venedig wurde von der Pest heimgesucht. Ein Drittel der Bevölkerung hatte den Todeskampf schon hinter sich und war gestorben. Die Pest raffte die Jungen wie die Alten dahin. Schauerliche Männer, als Raubvögel verkleidet und mit einem Stock in der Hand, überquerten die Brücken der Kanäle und gingen von Hospital zu Hospital. Das Gerücht ging, es seien Doktoren, die sich, um eine Ansteckung zu vermeiden, von Kopf bis Fuß in ölgetränktes oder geteertes Tuch kleideten und schwarze Hüte trugen, Brillen, Ohrenbäusche, Handschuhe, Stiefel und über dem Mund einen Apparat wie einen riesigen Vogelschnabel. Sie verfolgten ihren Weg zwischen den zitternden Körpern der Sterbenden und sprenkelten, hier und da eine Decke mit dem Stock anhebend, aus ihren Schnäbeln ihre Pulver und getrockneten Blätter auf die Pestgeschüttelten. Und wie wirkliche Vögel, selbst Geier es tun, verschwanden die Pestdoktoren bei Nacht.

Das Gelübde, 1576 abgelegt, bestand darin, daß Venedig, wenn Christus in seiner Gnade den Rest der Bevölkerung verschone, ihm eine weitere legendäre Kirche errichten würde. Sogleich forderte der Stadtrat den großen Architekten Palladio auf, mit dem Zeichnen zu beginnen. Die Steinmetze begannen, Steine zu hauen. Die Hälfte der Bevölkerung überlebte. Vier Jahre später starb Palladio selbst. Doch die Arbeit ging weiter, und die Kirche, erbaut auf einem grünen Feld auf der Insel der Juden, die schönste Kirche, die Palladio je entworfen hatte, wurde 1592 fertiggestellt.

Zdena entnimmt ihrer Handtasche eine Haarbürste mit winzigen weißen Kügelchen an den Enden der Metallspitzen und fährt damit einmal durch ihr Haar, ehe sie sie auf den Mantel legt. Als nächstes ihren slowakischen Paß. Ninons letzten Brief. Ein Portemonnaie, das sie für das italienische Geld mit seiner irrwitzigen Währung von Hunderttausenden vorgesehen hat. Eine Pakkung Aspirin. Eine Puderdose. Ein Photo von Ninon in der Schule.

Bis vor kurzem bestand das alljährliche Problem Venedigs im Trinkwasser. Die Quellen und Zisternen versiegten oft. Und deshalb mußte Wasser aus der Brenta auf Lastschiffen über die Lagune gebracht werden. Die Lastschiffe folgten derselben Bahn durch das flache Salzwasser, auf der das Motonave jetzt langsam entlangmanövriert. Nur fuhren die Lastschiffe in der entgegengesetzten Richtung.

Wieder hebt Zdena den Kopf, sie faßt an ihre Sonnenbrille und blickt nach Nordwesten. Das Motonave fährt zu langsam, als daß es ein Kielwasser hervorbrächte. Das Wasser am Heck wallt nur auf, und darin bewegt sich der Seetang wie Haar. Die imposante Kirche Santa Maria della Salute, die gegenüber dem Dogenpalast genau an der Spitze der Insel der Dreifaltigkeit errichtet wurde, hat jetzt die Größe von Zdenas Feuerzeug, das flach auf dem Paket mit den Papiertaschentüchern liegt.

Ich könnte auch die Salute ein Tama nennen.

Vierzig Jahre nach Palladios Tod kehrte die Pest in die Stadt Venedig zurück. Innerhalb von sechzehn Monaten waren fünfzigtausend Menschen gestorben, ihre Leichname verbrannt oder über das Wasser fortgebracht worden. Dann schien die Epidemie einen Moment lang nachzulassen: ein zeitweiliger Aufschub. Eilends organisierten die Behörden einen Wettbewerb für den Entwurf einer weiteren Kirche und legten das Gelübde ab, daß diese neue Kirche, wenn die Stadt ein weiteres Mal verschont würde, genau an der Einfahrt nach Venedig und zu seinem Großen Kanal stehen würde!

Baldassare Longhena, der den Wettbewerb gewann, entwarf ein imposantes Baudenkmal mit zwei kuppelüberwölbten achteckigen Rotunden und mit gemeißelten Oberlichtern und Voluten wie gigantische Ohrschneckengehäuse.

Doch um dieses massive barocke Tama gerade auf der Spitze der Insel zu errichten, so daß es das erste und das letzte wäre, was jedweder Besucher, der vom Wasser aus in die Stadt käme, sehen würde, war es nötig, den Untergrund zu verstärken und abzustützen. Sonst lief das ganze Gebäude Gefahr zu ertrinken. Also wurden eine Million Eichen- und Lärchen- und Erlenpfähle in die Erde getrieben, um ein Holzfloß zu schaffen, welches das Steingebäude stützen sollte.

Heute nennen die Venezianer die spiralförmigen Voluten der Salute *orecchioni*, große Ohren.

Ein Kamm. Ein Lippenstift. Ein grünes Notizbuch. Ein Einkaufszettel. Ein Paar Ohrringe. Ein paar Reiseschecks. Zdena will, daß auf dieser Reise zur Hochzeit ihrer Tochter alles sorgfältig geordnet und bedacht ist. Der Inhalt ihrer Handtasche ist der letzte Schliff. Auf diese Weise, so hofft sie, wird alles an ihr einen klaren, scharfen Umriß haben, was, wenn sie ihrer Tochter begegnet, Vertrauen erwecken wird. Auf ihre eigene Weise ordnet Zdena die Dinge aus denselben Gründen, wie Baldassare Longhena und Palladio es mit ihren Entwürfen taten.

Der Schiffsoffizier, der sich immer mehr von dem Verhalten der fremden Frau faszinieren läßt, spaziert zweimal an ihr vorüber, um zu einem Entschluß zu kommen. Das erste Mal lächelte er ihr zu, doch ihre Reaktion bestand darin, an die Schiffsreling zu gehen und ihre Handtasche umzudrehen und auszuschütteln. Drei Möwen stießen nahe herab, und ihre Schreie flogen ihnen nach. Dann verschwanden sie, und Zdena kehrte zu ihrem Platz zurück.

Es ist heiß, nicht wahr, Signora?

Verzeihung, ich nicht italienisch, antwortet sie mit ihrer <u>unangemessen ausdrucksvollen</u> Stimme.

Sprechen Sie Englisch?

<u>Zu heiß für Englisch</u> . . .

Mit größter Sorgfalt steckt Zdena Dinge zurück in die Tasche. Das Schiff ist umgeben von der Ruhe und der Stille der Lagune, gerade so wie ein Mensch, der eines frühen Sommermorgens das Haus verläßt, von einem neuen und endlosen Tag umgeben ist. Die Puderdose. Das schwarze Tagebuch. Der Bleistiftstummel. Das italienische Geld.

Sogar für mich entfernt sich das Schiff.

Auf den ersten Seiten des Tagebuchs, das sie nicht geöffnet hat, steht eine Notiz für Zdenas Wörterbuch. Ihre Handschrift ist klein und sehr gerade, als wären die Buchstaben Zahlen:

»K. Kautsky. Karl. Geboren 1854 Prag. (Habe nach seinem Haus gesucht, aber konnte es nicht finden.) Ein langes Leben unaufhörlichen politischen Kampfes gegen Ausbeutung, Kolonialismus, Krieg. (Er hatte einen Bart, wie sie alle ihn hatten.) Blieb standfest in seinem Glauben, daß Geschichte einen Sinn haben kann. Marxist. (War Engels' Sekretär.) Im Laufe seines Lebens mußte er mindestens viermal ins Exil fliehen. (Viermal mußte er von vorn anfangen.) Als er über sechzig war, rang er sich zu dem Schluß durch, daß eine gewaltsame Revolution unnötig sei. 1919 nannte Lenin ihn einen Renegaten. Nach 1947 wurde sein Name in unserem Land (er starb 1938 im Exil in Amsterdam) zu einem Synonym für Feigheit, ängstlichen Ehrgeiz und konterrevolutionäre Verschwörung. Vom Staatsanwalt mit Kautsky auf eine Stufe gestellt zu werden war gleichbedeutend mit der Forderung nach der Todesstrafe.«

Das Motonave ist aus meiner Hörweite, und das Wasser macht überhaupt kein Geräusch. Alles ist jetzt Schweigen.

Auf einer späteren Seite desselben Tagebuchs hat Zdena einen Auszug aus einem Artikel festgehalten, den sie in einer Zeitung gelesen hatte. Auf den oberen Rand der Seite hat sie mit Bleistift in Großbuchstaben das Wort *Schmerz* geschrieben.

»Wer gegen diese Krankheit behandelt wird, so sagt ein Arzt, wird oftmals nicht gegen Leiden und Schmerzen behandelt. Doch körperliche Schmerzen erzeugen Angstzustände, die ihrerseits die Schmerzen verstärken. Die Infektionen und die Parasiten, gegen die der Körper widerstandslos ist, wenn SIDA ausgebrochen ist, verursachen höllisches Jucken, Übelkeit, Magenkrämpfe, offene Wunden im Mund, Migräne als Folge von Bestrahlungen, stechende Schmerzen in den Beinen, und all das tritt, begleitet von lähmenden Ermüdungserscheinungen, eins nach dem anderen auf; folglich engen diese Beschwerden den Horizont völlig ein und hindern den Kranken daran, an etwas anderes zu denken – wie es wohlmeinende Ratgeber zuweilen empfehlen. Schmerz schneidet ab, isoliert und lähmt. Er erzeugt auch ein Gefühl des totalen Versagens und der Niederlage. Oftmals muß, um die Schmerzen der SIDA-Patienten zur Kenntnis zu nehmen, ihr Leiden einen solchen Höhepunkt erreichen, daß es die anderen Patienten stört, und erst dann werden Maßnahmen ergriffen, um sie zu lindern . . .«

Darf ich Sie nach Ihrem Auftrag fragen, Signora?

Ihr Schiff in die Luft zu jagen!

Ha! Ha! Die Signora hat einen feinen Sinn für Humor.

Der Schiffsoffizier wartet und geht dann unvermittelt fort, als wäre ihm etwas eingefallen, das er zu erledigen hat.

Jetzt, da Zdena ihre Handtasche geordnet hat, geht sie zur Reling und blickt in das ruhige Lagunenwasser, in dem sich nichts spiegelt. Als das Schiff die Richtung ändert, erzeugt es eine momentane Brise, die ihr eine Haarlocke aus der feuchten Stirn weht.

Sie geht zum Bug und wartet dort, läßt sich von der Brise das Gesicht kühlen; später kehrt sie zu ihrer Bank zurück.

Dort öffnet sie ihre Tasche, die jetzt perfekt aufgeräumt ist, und hat das Tagebuch und den Bleistiftstummel vor sich. Auf die Seite für den 7. Juni schreibt sie in ihrer geraden Handschrift: Mögen diese Tage niemals enden, mögen sie so lang sein wie Jahrhunderte!

Ich wollte die Leute im Krankenhaus in Bologna auffordern, mir die Wahrheit zu sagen – als gäbe es eine andere Wahrheit! Ich habe mich zurückgehalten, denn ich wußte, daß es nur eine Wahrheit gibt – und die ist mein Tod.

Gleich darauf höre ich eine zweite Stimme, die flüstert. Mir kommt in den Sinn, daß Gino spricht wie ein Mann, der sich, über die Arbeit gebeugt, die er mit seinen Händen verrichtet, plötzlich veranlaßt sieht, aufzublicken und einen Vorübergehenden anzulächeln, der stehengeblieben ist, um ihm zuzuschauen. Und der Vorübergehende bin ich.

Diese *lucioperca*, flüstert Gino, diese fünf Kilo schwere Lucioperca wird der erste Gang des Hochzeitsmahls sein. Tante Emanuela hat schon seit drei Tagen verschiedene Gerichte zubereitet. Ich habe meine Freunde von den Märkten eingeladen und eine Rockgruppe aus Cremona.

Die Lucioperca habe ich heute morgen gefangen, und

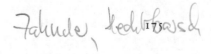

ich will sie selbst zubereiten. Die Tante ist die einzige in der Familie, die einen lebenden Aal halten und ihm mit einem einzigen Schlag eines kleines Beils den Kopf abschlagen kann. Sie spricht mit ihm. Wenn ich es versuche, winden sich die Aale um meinen Arm. Doch die Lucioperca möchte ich selbst zubereiten, denn sie ist meine Überraschung.

Ninon hat ihre Geheimnisse – wie das Geheimnis, was sie alles unter ihrem Hochzeitskleid tragen wird, das ich bis morgen abend nicht sehen werde, und die Lucioperca ist mein Geheimnis, das Ninon nicht sehen wird, bis wir uns an die Hochzeitstafel setzen, nachdem ich sie über die Brücke getragen habe und sie wahrscheinlich ihre silbernen Schuhe fortgeschleudert hat und eines der Mädchen sie ihr wieder angezogen hat und wir verheiratet sind.

Ich werde einen *pesce lesso* in Aspik machen. Dreiundachtzig Zentimeter lang. Selbst Vater wird Augen machen, denn die Lucioperca sieht metallisch aus – grün wie oxydierte Bronze, dann Kupfer, dann Silber ... Ein metallischer Fisch aus den Tiefen.

Man nennt ihn Eulenfisch aufgrund seiner besonders großen Augen, und er hat sie, weil er in der Nacht am Grund des Flusses lebt, zwei, drei, dreieinhalb Meter drunten. Er kommt niemals an die Oberfläche. Sie leben in Banden, diese Fische, im Flußbett. Du und deine Flüsse! sagt Ninon ärgerlich. Gino, faucht sie, wenn ich mittags nach Hause komme, was hast du gefunden? Einen Frosch, sage ich, und ich hüpfe wie einer, wie ein großer Ochsenfrosch. Monatelang war sie nicht imstande, mit mir zu lachen, und an dem Morgen hat sie gelacht. Mit dem ganzen Körper lacht sie darüber, wie ich den Frosch nachmache, und nur ihre Augen sehen immer noch bestürzt aus über ihr eigenes Lachen.

Um dich auszukennen, wo die großen Fische sind, mußt du den Fluß kennen, du mußt die Instinkte des Flusses spüren. Die Fische machen auf ihre Weise genau dasselbe. In der Mehrzahl der Fälle wirst du von ihnen überlistet, *le carpe, i lucci.*

Siehst du die Stelle dort, wo die silbernen Schuppen ein wenig dunkler werden, wie ein schmaler Pfad an seiner Flanke. Man nennt es seine Seitenlinie, und mit ihr lauscht er dem Fluß.

Ich sage Ninon, daß sie auch eine Seitenlinie hat, und ich zeichne sie mit dem Finger nach. Bei ihr fängt sie unter dem Ohr an, geht unter dem Arm lang, umrundet den kleinen Hügel ihrer Brust, läuft die Stufen ihrer Rippen hinab, hält gleichen Abstand zwischen Nabel und Hüfte, gleitet am Rand ihres *bosco* entlang und stürzt die weiche Innenseite ihres Schenkels bis zum Fußgelenk hinab. Monatelang konnte sie nicht lachen. Monatelang wollte sie nicht, daß ich ihr nahe kam.

Du hast zwei Seitenlinien, necke ich sie, links und rechts, und sie haben Wimpern von oben bis unten!

Du wirst verrückt, Gino, sagt sie, diese beschissene Krankheit hat dich um den Verstand gebracht.

Und so halte ich sie in den Armen und erzähle ihr, daß unter den silbernen Schuppen Poren sind, die kleine Knospen haben, wie unsere Geschmacksknospen im Mund, nur haben die Knospen an der Seitenlinie winzige Tränen an den Enden, und um den Tränenkanal sind Wimpern, manche weich und manche steif, und sie verzeichnen jedes Zucken in der Strömung, sie geben Nachricht über jede Veränderung im Wasser, über die geringste Regung eines anderen Körpers, der sich bewegt, oder über einen Stein, der das Fließen des Wassers umlenkt. Die Wimpern sind wirklich, sage ich ihr, keine verrückte Einbildung. Ninon hat Augen, die manchmal grün sind und manchmal golden.

Ich habe mit einem Arzt, den ich auf dem Markt kennengelernt habe, über die Zeitspannen und ihre letzte Lymphozytenzählung gesprochen, und ihm zufolge, dem *medico* in Parma, können wir vielleicht mit zwei, drei, dreieinhalb Jahren Freude rechnen – vorausgesetzt, sie hat etwas, an dem sie sich freuen kann! Danach beginnt die Krankheit. Niemand kann es genau wissen.

Man nehme Lorbeerblätter und Thymian und Fenchel für den Sud, gebe Weißwein hinzu, Pfefferkörner, geschnittene Zwiebeln und ein wenig Zitronenschale. Der Fischkochtopf gehört Tante Emanuela – man könnte einen Thunfisch darin kochen.

Es ist die größte Lucioperca, die ich je irgendwo jemanden habe fangen sehen. Ich wußte, daß sie da waren, diese großen Fleischfresser, heute morgen. Frag mich nicht, wieso. Also, an die Böschung gelehnt, wo eine Lärche in den Fluß gefallen war, deren Rinde vom Wasser völlig abrasiert war. Ein schlechter Platz, um die Angel auszuwerfen, denn die Leine könnte sich leicht in dem Baum verfangen. Sei vorsichtig, habe ich mir gesagt. Geh es langsam an. Ich, der Verrückte, der sah, wie seine Leine versank, ein, zwei, drei, dreieinhalb Meter tief, bis der kleine Bleiohrring auf Grund kam. Ich war verschlagen, ich benutzte ein Stück Rotauge als Köder, und das ließ ich spielen, ich ließ den Köder hüpfen, als wäre er ein lebender Gründling, kleine Sprünge im Schlick, als wäre er verletzt, keinen Moment ließ ich die Leine zu locker, kleine Sprünge wie von einer schwarzen Taste zur anderen auf dem Klavier, und die Lucioperca glaubt, es ist ein verletzter Gründling, sie öffnet ihr enormes Maul, und sie schluckt den Haken. Die Fleischfresserin, überlistet. Dann besteht der Kampf darin zu verhindern, daß sie mich um den Baum wickelt. Jedesmal komme ich ihr zuvor. Indem ich jede ihrer Bewegungen vorhersehe. Ich vergesse alles andere. Jetzt sieh sie dir an, dort auf dem Küchentisch!

Wir werden die Jahre mit Verrücktheit und Verschlagenheit und Vorsorge verbringen. Mit allen dreien. Die drei Vs. Matteo, der Boxer, sagt, ich bin wahnsinnig. Er sagt, ich werfe mein Leben weg. Das machen die meisten Menschen, sage ich, ich nicht.

Die Fische, erzähle ich ihr, lauschen mit ihren Flanken dem Fluß, in den sie hineingeboren wurden. Das habe ich ihr erzählt, und sie ist eingeschlafen, mit einem Lächeln.

Der Eisenbahner wartete am Kai in Chioggia, als das Motonave ankam. Jean Ferrero und Zdena Holecek entdeckten einander, noch ehe das Schiff festmachte, doch sie winkten nicht. Sie kam das Fallreep herab und ging über das Pflaster zu der Stelle, an der er neben seinem Motorrad stand, nahe einer weißen Brücke, die wie die Seufzerbrücke in Venedig aussieht, nur daß sie kein Dach hat. Er hat seinen Helm abgenommen.

Sie sehen einander in die Augen, und da sie denselben Schmerz sehen, fallen sie einander in die Arme.

Jean! Und ihre Stimme, so hilflos ausdrucksvoll, trägt seinen Namen über einen ganzen Erdteil hinweg.

Zdena! flüstert er.

Während sie auf dem Motorrad die Straße nach Comacchio entlangfahren, wird ihr Kummer ein wenig leichter. Wie jeder Fahrer mit einem Sozius hinter sich spürt er ihr Gewicht, das sich gegen seinen Rücken lehnt. Wie jeder Beifahrer hat sie ihr Leben in seine Hände gelegt, und das lindert den Schmerz irgendwie ein wenig.

. . .

Ich drehe mich, und ich drehe mich, und ich sehe es im Spiegel. Es wird dir den Atem rauben, mein Hochzeitskleid!

Die Hochzeit in Gorino hat noch nicht stattgefunden. Doch die Zukunft einer Geschichte, wie Sophokles schon wußte, ist immer gegenwärtig. Die Hochzeit hat noch nicht begonnen. Ich werde Ihnen davon erzählen. Noch schlafen alle.

Der Himmel ist klar, und der Mond ist beinahe voll. Ich denke, daß Ninon, die im Haus von Ginos Tante Emanuela übernachtet, als erste erwachen wird, lange bevor es hell wird. Sie wird sich ein Handtuch wie einen Turban um den Kopf wickeln und ihren Körper waschen. Danach wird sie vor dem großen Spiegel stehen und sich berühren, als suche sie nach einem Schmerz oder einem entstellenden Makel. Sie wird keinen finden. Sie hält ihren Kopf mit dem Turban wie Nofretete.

Wo sich der Fluß dem Meer nähert, wird er zu zwei Händen, seine Wasser teilen sich in zehn Finger. Doch es kommt ein wenig darauf an, wie man zählt. Man könnte sagen, vier Hände mit zwanzig Fingern. Die Wasser ändern sich unablässig und bleiben nur auf der Landkarte dieselben. Das Land liegt oftmals tiefer als der Fluß oder das Meer. An Stellen, wo das Land trockengelegt wurde, hat man Tomaten und Tabak angepflanzt. An den wilderen Uferstreifen wachsen Pflanzen mit kleinen Schoten anstelle von Blättern: vorsintflutliche Pflanzen, Verwandte des Seetangs. Das Gebiet ist kärglich bevölkert – es ist kaum ein Ort. Das Dorf Gorino liegt an dem Flußarm, der Po di Goro heißt.

Die Alten glaubten, der erste Akt der Schöpfung sei die Trennung von Erde und Himmel gewesen, und das war schwierig, denn Erde und Himmel begehrten einander und wollten sich nicht trennen. In der Gegend von Gorino ist das Land zu Wasser geworden, um dem Himmel so nahe wie möglich zu bleiben, um ihn zu spiegeln wie in einem Glas.

Die Häuser, in denen die Menschen des Po-Deltas wohnen, sind klein und behelfsmäßig. Das Salz zehrt an ihren Baumaterialien. Viele haben anstelle eines Gartens ein Netz, das auf einen Rahmen von der Größe des Hauses gespannt ist, und dieses Netz läßt sich mit einer Winde herablassen, um Fische zu fangen. Der Himmel ist voller Vögel – Kormorane, Seetaucher, Meerschwalben, Reiher, Enten, kleine Silberreiher, Möwen, die Fisch fressen.

In Emanuelas kleinem Haus ist Federico der nächste, der erwacht, und während die Wasser das erste Licht spiegeln, fängt er damit an, Bänke und Gestelle und Holzplanken aus dem Haus hinaus auf ein angrenzendes Feld zu tragen, wo drei Apfelbäume stehen. Später wird er Ginos Marktsonnenschirme mit ihren Holzspeichen holen, jeder mit einem Durchmesser von über drei Metern.

Tante Emanuela, das Haar auf Lockenwicklern, macht in der Küche Kaffee. Heut ist's soweit! sagt sie, während sie den gemahlenen Kaffee mit einem Teelöffel in der Maschine plattdrückt, heut ist's soweit!

Durch das dunkle Küchenfenster leuchten die fernen Scheinwerfer eines Fahrzeugs, das den Deich entlang näher kommt, höher als das Hausdach, wie ein Flugzeug, das zur Landung ansetzt.

Hoffentlich ist das Roberto, sagt Federico zu seiner Schwester, wir sollten bald mit dem Braten anfangen, man braucht gute vier Stunden, sogar fünf, um ein Lamm ordentlich zu braten.

Roberto versteht sein Geschäft, Federico.

Der beste Schlachter von Modena, Gino hat gesagt, seine Scaloppini sind Bibelblätter!

Ich bin froh, daß Gino nicht auch hier geschlafen hat, einer von euch reicht völlig.

Koch du deine Aale, Emanuela, und kümmere dich um die Frauen.

Wenn ich sie sehe – sie ist so schön, daß ich weinen möchte.

Wer hat es dir erzählt? fragt Federico.

Mir was erzählt? Ich sage, daß sie schön ist.

Dann sprich nicht vom Weinen.

Was ist los mit dir, Federico?

Fang mit den Aalen an, Frau.

Wenn das Feuer heiß genug ist, fange ich an, nicht vorher.

Eine Hupe ertönt, der Lieferwagen kommt an, und Roberto ruft vom Fahrersitz Federico zu, der vor dem Haus steht: Wo ist die Küche, Graf?

Auf dem Feld nebenan. Komm und trink erst mal einen Kaffee.

Der Lieferwagen hat die anderen Frauen aufgeweckt: Lella, Marella und Zdena. Federico war der einzige Mann, der in dem kleinen Haus übernachtet hat. Er hat auf dem Sofa geschlafen. Wie die anderen zurechtgekommen sind, weiß er nicht. Er weiß nur, daß seine Schwester darauf bestanden hat, Ninon ihr *letto matrimoniale* zu geben. Heute nacht muß die Verlobte allein sein, hat sie gesagt.

Wenn die Sonne hoch genug über dem Horizont steht, um das Gras oben auf dem Deich zu beleuchten, jedoch noch ehe es auf dem Dorfplatz Schatten gibt, werden die anderen Marktfreunde Ginos in ihren Lieferwagen eintreffen: Luca, der Pastetenbäcker; Ercole, der Schmuckhändler, der auch Gewürze verkauft; Renzo, der Käsehändler, mit seiner *nana*; Gisella, die mit allen Seidenwaren Asiens handelt, und Scoto, der nur Wassermelonen verkauft und ihnen lauscht, als wären sie Orakel. Straßenverkäufer, ob sie nun Tamata oder Melonen verkaufen, Tücher oder Fleisch, haben bestimmte Dinge miteinander gemein. Wir alle wissen, wie man Aufmerksamkeit erweckt, wie man Witze macht, wie man früh aufsteht und wie man sich an einem Platz aufstellt, wo es Aussicht auf einen Strom von Menschen gibt. Wenn wir müde werden, verlangt es uns nach Stille; doch fürchten wir die Stille, wie Schauspieler leere Theater fürchten. Mit meinem weißen Stock wandere ich zwischen Ginos Freunden einher und fühle mich zu Hause.

Sie haben die Lieferwagen im Kreis auf einem Stück Land geparkt, das mich an das Kellergeschoß erinnert, das Zdena in Bratislava aufgesucht hat, um ihre Vogelstimmeninstrumente zu kaufen. Hier ist es ein Freilufttiefgeschoß, und die Decke ist der Himmel, doch liegt es tiefer als das Meer und tiefer als der Dorfplatz, wo die Kirche und das Kriegerdenkmal stehen. In der Mitte des Kreises hat Roberto, der Schlachter, damit begonnen, das Lamm zu braten. Der Rumpf dreht sich an einem Spieß über einer gewaltigen Holzkohlenglut. Von Zeit zu Zeit begießt er das Fleisch, mit einem Löffel von der Größe eines Huts, aus einem Eimer mit Marinade, die er vorbereitet hat. Federico betätigt gelegentlich einen Blasebalg. Ein Ring von Männern in makellosen weißen Hemden schaut zu und gibt Kommentare. Das bratende Fleisch riecht wie jeder Festtag, seitdem es Feste gibt. Die Frauen, die in den Lieferwagen plaudern, legen letzte Hand an ihre Hüte und ihr Make-up. Im Haus arbeitet Lella schon seit zwei Stunden am Brautkleid.

Der Hochzeitsgottesdienst in der Kirche von Gorino wird um 11.30 Uhr stattfinden.

Danach werden hundert Menschen, Hochzeitsgäste und Dorfbewohner, auf dem Platz warten. Gegenüber dem Kirchenportal steht eine gewaltige Platane. Um sie herum sind Tische aufgestellt, mit Dutzenden funkelnder Gläser und an einer Seite dunkelgrünen Flaschen mit *vino spumante*. Federico dreht die Gläser zum Eingießen eins nach dem anderen um. Manche Männer sind geborene Gastgeber, und es fällt ihnen schwer, Gast oder Zuschauer zu sein. Solche Männer führen oft ein recht zurückgezogenes Leben – Gangster, Tiefseefischer,

Viehhändler. Federico ist ein Einzelgänger. Er hat seinen prächtigen Nadelstreifenanzug erst angezogen, als er den *curato* in die Kirche gehen sah und die Orgel anfing zu spielen. Jetzt, da die Zeremonie beendet ist, gießt er Schaumwein in die Gläser, denn er weiß, daß er das besser kann als jeder der Kellner. Sie verschütten zuviel.

Kinder aus der Schule sind zum Zuschauen gekommen. Sie haben noch nie so viele Fremde im Dorf gesehen, nicht einmal wenn im Sommer ein verirrter Bus ankommt und die Touristen aussteigen, um den Leuchtturm anzuschauen. Heute sind Frauen da mit Hüten, wie sie Schauspielerinnen im Fernsehen tragen. Heute sind Männer da mit Rosen in den Knopflöchern. Und alle tragen Schmuck.

Worauf warten sie?

Nichts Besonderes.

Hast du die Festtafel gesehen? Ich bin zu den Tischen hinter dem Haus hinuntergegangen. Da gibt es alles, was du dir vorstellen kannst – Melonen und Prosciutto und Spargel –

Gelati?

Das Schaf ist über dem Feuer.

Es ist ein Lamm.

Worauf warten sie?

Es fängt gerade erst an, Hochzeiten sind so.

Woher weißt du das?

Meine Schwester hat geheiratet. Es geht die ganze Nacht durch, die ganze Nacht.

Einer der Jungen macht mit den Fingern eine Ficki-ficki-Geste. Der Junge, dessen Schwester geheiratet hat, drückt dem anderen die offene Hand auf die Nase.

Freunde von Ninon und Gino stehen am Kirchenportal, und ihre geballten Hände sind voller Reis, um ihn über die frisch Vermählten zu werfen, sobald sie erscheinen. Der Reis stammt wahrscheinlich aus Vercelli, dem Städtchen, aus dem Jean Ferreros Eltern in den dreißiger Jahren ausgewandert sind.

Jean, der hinter Zdena steht, überblickt die Menschenmenge wie ein Delegierter bei einer politischen Versammlung; sein ganzes Erwachsenenleben lang hat er Hemd und Krawatte nur getragen, wenn er an Kongressen teilnahm. Das Wort *Genossen* liegt ihm auf der Zungenspitze. Unwillkürlich legt er seine große Hand auf Zdenas Schulter. Sie berührt sie sofort mit ihren Fingern, die schmerzen.

Plötzlich sind Braut und Bräutigam da. Es regnet Reis. Eine Frau applaudiert, fortgerissen von Erinnerungen. Der Curato strahlt.

Die Luft, die an Ninons Schleier zupft, ihr weißer, ausgestellter Rock mit dem zitternden Spitzensaum, ihre locker gebauschten Ärmel, die um die Handgelenke eng geknöpft sind, die glitzernden Silberschuhe, mit denen sie, während sie auf den Platz hinauskommen, so zart auftritt, daß sie halb zu wanken und halb zu rutschen scheint, die Art, wie Gino die Füße aufsetzt, als ob jeder seiner Schritte ihnen vielleicht plötzlich beiden Halt geben müßte – all das suggeriert die Kraft einer geheimnisvoll sanften, doch unwiderstehlichen Brise. Haben Sie sie bei anderen Hochzeiten gespürt? Bei dieser hier hat die Brise auch den Ausdruck in den Augen des Paares fortgeweht.

Zdena und Jean blicken auf ihre Tochter und ihren

Schwiegersohn, und in diesem Moment sind ihre eigenen Gesichter erstaunt wie die von Kindern.

Sie sind verheiratet, ruft ein Mann, Lang Lebe die Braut!

Ein Bild bitte, sagt der offizielle Photograph aus Ferrara, ein Bild, bitte, mit der Braut, wie sie ihren Brautstrauß hält.

Hol den Strauß! Sie hat ihn in der Kirche gelassen.

Es hat ihn fortgeweht, flüstert ein kleines Mädchen, und es weiß nicht, warum es das sagt.

Gino nimmt Ninons Hand, drängt sich dichter an sie, und Seite an Seite stehend, während sie ihre Schulter gegen ihn drückt, warten die beiden, daß die Brise vorübergeht.

Gib ihm einen Kuß, ruft Ercole, der Gewürzmann, los, gib ihm einen Kuß.

Schsch! Dafür haben sie ein Leben lang Zeit. Laß sie in Ruhe. *Tranquillo.*

Sie ist so hübsch, erklärt Mimi, die Frau von Luca, dem Pastetenbäcker, so hübsch, daß sie zehn Kinder haben sollte! Sie zählt die Babys an ihren zehn drallen Fingern.

Niemand hat heutzutage zehn Kinder, Mimi.

Die jungen Leute wissen Dinge, die unsere Eltern nicht gewußt haben.

Es muß ja Stunden über Stunden gedauert haben, ihr Haar zu all den kleinen Zöpfen zu flechten.

Wie heißen die?

Man nennt sie *dreadlocks.* Aber so schlimm sind sie nicht. Hab noch nie so viele gesehen.

Die Kellner reichen Gläser mit Schaumwein.

Marella zieht Ninons Auge auf sich und winkt ihr mit

der Hand einen Kuß zu. In ihren eigenen Augen sind Tränen.

Nach dem letzten Photo zieht Ninon ihren Mann am Arm. Die Brise hat nachgelassen. Ihr Mann neigt den Kopf zu ihr, und sie sagt ihm ins Ohr: Also laufen wir zusammen, Hase, nicht wahr? Ich muß alles heute tun... alles, du verstehst.

Er wird ihr die Lucioperca zeigen, wie sie auf der silbernen Platte liegt, mit Aspik gefirnißt, leuchtend, als würde sie vom Mond beschienen, jede Schuppe silbern oder golden, mit Mandeln, Korianderblättern und rubinroten Pimentos wie mit Juwelen besetzt, und er wird die Platte so drehen, daß Ninon die Lucioperca auf dem Schwanz stehen sieht, wie eine Tänzerin in einem langen, enganliegenden Kleid, die darauf wartet, daß die Musik einsetzt. Und in dem Moment wird Ninon einen von Ginos Fingern nehmen, und mit dem Finger wird sie langsam an ihrem eigenen Körper die Seitenlinie hinabfahren, die er sie gelehrt hat. Wenn sie seinen Finger losläßt, wird sie mit der Spitze ihres Schuhs unter den Apfelbäumen aufstampfen auf das Gras, und sie wird ihm befehlen: Sie mich an, Gatte, ich bin jetzt deine Frau. Und dann wird sie lachen. Ein Lachen, das aus einer anderen Zeit kommt und aus einer Sprache, die verlorengegangen ist.

Sie werden an der großen Tafel Seite an Seite sitzen, umgeben von dreißig Menschen, und sie wird alles bemerken, was geschieht. Nichts wird ihr entgehen. Hochzeitsfeste sind die glücklichsten, weil etwas Neues beginnt, und mit dem Neuen kommt eine Erinnerung an den Appetit, selbst bei den ältesten Gästen.

Renzo und Ercole werden Emanuela auf den Schultern aus dem Haus tragen, und sie wird hoch über ihrem Kopf eine Platte, so breit wie das Rad eines Fahrrades, halten, auf der sich Aale türmen, die sie auf ihre eigene Weise zubereitet hat. Sie schneidet sie in dicke Stücke und steckt sie mit Salbei, Lorbeerblättern und Rosmarinzweigen auf einen Spieß und begießt sie vor einem starken Feuer mit ihrem eigenen Öl, bis ihre Haut fast schwarz wird. Dann serviert sie die Aale auf der Platte, so breit wie das Rad eines Fahrrades, mit der *Mostarda di Cremona,* die aus Senföl, Melone, Kürbis, kleinen Orangen und Aprikosen gemacht wird, nach einem Rezept, das bis auf die Zeit von Sikelidas zurückgeht. Wunderbar, sagte derselbe Sikelidas, wunderbar das Frühlingswehen für Seeleute, sehnsüchtig, Segel zu setzen ...

Ninon wird als erste klatschen, Männer werden in Hochrufe ausbrechen, und Emanuela, die Witwe, das Gesicht gerötet vom Feuer, wird sich plötzlich daran erinnern, wie ihr Mann zu ihr sagte: Wenn du mich heiraten willst, ich habe dieses Haus und ein Boot ...

Die beiden Männer lassen die Witwe auf den Boden herab, und sie stellt ihr Gericht auf den Tisch vor die frisch Vermählten, und Ninon küßt sie, und dann erst faßt Emanuela nach dem Saum ihrer Schürze, um sich die Augen abzutupfen.

Jean verteilt Flaschen mit Spumante in blauen Eimern mit zerstampftem Eis: die Plastikeimer sind dieselben, die Tante Emanuelas Mann auf seinem Fischerboot verwendete, ehe er starb. Nachdem Jean eine Flasche geöffnet und die nächsten Gläser gefüllt hat, setzt er sich neben Marella. Weitere Flaschen knallen, als sie unter den Apfelbäumen geöffnet werden.

Ich würde überall erkennen, daß Sie Ninons Vater sind, sagt Marella.

Wir sehen uns ähnlich?

Es ist die Art, wie Sie lächeln.

Einen Moment lang ist Jean schüchtern, ihm fehlen die Worte.

Sie sind ihre beste Freundin, sagt er schließlich.

In Modena, ja. Haben Sie es bemerkt? Niemand kann die Augen von ihr lassen, selbst beim Essen.

Sie ist die Braut, sagt Jean.

Und sie ist so entschlossen, so entschlossen zu leben. Sie sagt das ruhig, ihre beiden Köpfe sind dicht beieinander. Sie haben eine zähe Tochter, Signor Ferrero.

Sie sind ihr eine große Hilfe gewesen.

Ich bin ihre Freundin, ja, und ich fühle mich ihr näher als je zuvor. Aber was konnte ich tun? Ich habe das Wort STELLA erfunden. Und ich habe Gino gesagt, er solle Geduld haben. Ich habe ihm gesagt, sie sei tot. Tot. Wenn du erfährst, was sie erfahren hat, bringt es dich um. Ich habe ihm gesagt, er müsse warten, und vielleicht, nur vielleicht würde sie ein zweites Leben haben, wenn er sie wirklich wolle, setzte ich hinzu. Und wissen Sie, wie er geantwortet hat? Er überrascht mich, der Gino, er zögert nie. Ihr zweites Leben, hat er gesagt, wird am Tage unserer Hochzeit beginnen. Vorher hatten sie nie an Hochzeit gedacht. Und jetzt schauen Sie sie an.

Zdena sitzt neben Scoto, dem Wassermelonenverkäufer.

Glücklich? fragt Scoto. Sind wir glücklich?

Zdena senkt die Augen.

Die Sonne scheint in Ihre Augen? fragt er, wobei er tut, als sei er geblendet und ihr seine Sonnenbrille anbietet. Sie schüttelt den Kopf und findet ihre eigene Sonnenbrille in ihrer sorgfältig geordneten Handtasche.

Alle essen und reden, machen Witze und trinken. Der wasserfallartige Lärm von Festen, an den sich niemand erinnert, bis er so glücklich ist, sich auf einem neuen Fest wiederzufinden.

Gut? fragt der Melonenverkäufer Zdena.

Erstes Mal, sagt Zdena.

Hinter Scotos traurigen Spaßvogelaugen gibt es eine Liebe zu Fragen, die sich nicht beantworten lassen. Ein großes Mysterium, sagt er, wie alle Dinge.

Wie manche Dinge.

Viele Dinge, Signora, und das mysteriöseste Geschöpf von allen ist die *anguilla.*

Er sieht zu Jean auf der anderen Seite des Tisches hin, in der Hoffnung, daß er übersetzen wird.

Misterioso.

Jean übersetzt Satz für Satz.

Sie haben keine Lunge, fängt Scoto an, und sie leben tagelang außerhalb des Wassers. Niemand weiß, wie. Sie schwimmen, schwimmen sehr schnell, und sie bewegen sich über Land. Wenn sie ein Loch in die Erde machen, machen sie es wie ein Korkenzieher mit dem Schwanz zuerst!

Während Zdena der Geschichte der Aale lauscht, blickt sie ihre Tochter an.

Die Weibchen sind größer als die Männchen, und

wenn sie bereit sind, ihre Eier abzulegen, werden sie am Bauch silbern, und ihr Gesicht wird fülliger, und sie lächeln... Wenn die Flut kommt, schmecken sie das salzigere Wasser, und da wollen sie dann den Fluß verlassen in Richtung Meer. Das ist der geheiligte Moment, um sie zu fangen. Millionen von Anguille schwimmen in die Fallen, die *lavoriere* heißen. Doch einige entkommen. Wir wissen nicht, wie. Alles an diesen Geschöpfen ist rätselhaft.

Könnte ich doch nur an Ninons Stelle sein, flüstert Zdena Jean zu.

Die, die es bis ins offene Meer schaffen, erreichen den Atlantik und schwimmen durch den Ozean bis zur Sargassosee, die tiefer ist, als irgend jemand weiß, und auf dem Meeresboden dort legen sie ihre Eier ab, und die männlichen Aale befruchten sie.

Ninon lacht plötzlich über einen Witz, den Emanuela ihr erzählt hat. Sie lacht, als wäre das Lachen der Witz, und der Witz läßt die Welt sich immer schneller drehen, so daß nur der Witz standhält und nicht schwindlig wird und immer größer wird wie das Glied eines Mannes und Licht verbreitet und Fetzen von Lachen und Zuckerkristalle und mit zurückgelegtem Kopf Vino spumante schluckt und mit den Blasen spielt und sie mit einem Kuß jedem Ankömmling gibt, wenn er in Ninons Lachen einfällt.

Die kleinen Aale treten ihre lange Reise heimwärts an, sagt Scoto. Sie brauchen zwei, drei, vielleicht vier Jahre. Und wenn sie hier eintreffen, Signora, sind sie immer noch nicht größer als ein Zoll Schnürband!

Und die Aal-Eltern? fragt Jean.

Tot in der Sargassosee. Die Kleinen kommen allein zurück.

Das kann ich nicht glauben, sagt Zdena.

Wieder hört sie ihre Tochter lachen. Zdena läßt den Kopf unvermittelt nach hinten fallen. Jenseits der Zweige des Apfelbaums über ihr ist das blendende Licht des Himmels, und einen kurzen Moment lang, ohne irgend etwas zu verstehen, ist Zdena glücklich.

Ich möchte einen Toast ausbringen, verkündet Federico, indem er sich erhebt, einen Toast auf das Glück unserer Kinder!

Glück, sagt Scoto, komm her, Glück!

Dann werden sie das Fleisch essen. Das Meer, das weiter im Süden zu meinem Ägäischen wird, ist ruhig. Nicht wahrnehmbar zwischen den Fingern der Hände des Po, schlüpft das Meer in die Lagune, wo die Einheimischen nach Muscheln fischen und wo die flachen Gewässer einst die Seeleute verrückt gemacht haben mit dem Verlangen, diesen Sumpf zu verlassen und um die Welt zu fahren. Die Lagune leckt am Deich, der ein paar verstreute Häuser, die Kirche und den Dorfplatz mit der Sitzbank bei der Bushaltestelle schützt. Noch vom Kirchturm aus könnte man das Fleisch über dem Feuer riechen. Tiefer als der Platz und viel tiefer als die Lagune liegt der aus drei Apfelbäumen bestehende Obstgarten neben dem Haus. Hinter dem Haus ist das grasbewachsene Tiefgeschoß, wo die Lieferwagen geparkt sind und wo Roberto und Gino das Lamm schneiden. Ich höre, wie ein Messer geschärft wird, und das Lachen von Männern. Der Geruch des Feuers hängt überall. Um den Tisch im Obstgarten sitzen die weiblichen Gäste mit ihrem Putz und die Männer mit ihren Schuhen aus weichstem Leder, oder sie ergehen oder rekeln sich, doch alle befinden sich in einer Umlaufbahn um die Braut. Sie läßt sie nicht los, oder lassen sie sie nicht los? Wie bei einem Schauspieler auf der Bühne ist es schwer zu sagen, was der Fall ist; beides stimmt. Und ihr Kleid schimmert zwischen den Zweigen der Apfelbäume.

Roberto und Gino werden das Fleisch, geschnitten und serviert auf Brettern, die so breit sind, wie ein Arm lang ist, in den Obstgarten tragen. Ihre Gesichter sind fleckig und streifig. Mit dem Essen des Fleisches ändert sich etwas bei dem Fest, eine letzte Förmlichkeit weicht etwas Älterem. Hellrosa, durchdrungen von Knoblauch, berauscht von Thymian und dem Aroma des Feuerholzes, hat das Lamm einen Tiergeschmack nach jungem Fleisch und frisch gerupften Gräsern.

Eßt fürs ganze Leben! wird Ninon trällern. Gino und ich, wir sind zusammen in die Berge gefahren, wir wollen das da, haben wir gesagt, das mit der schwarzen Nase, weil wir es mit unseren Händen befühlt hatten, das ist unser Lamm. Wo ist Roberto hingegangen? Trinkt auf Roberto, der für uns gekocht hat!

Roberto küßt die Braut, wobei er seine geschwärzten Hände hinter dem Rücken hält, um ihr Kleid nicht zu beschmutzen.

Jeder am Tisch im Obstgarten setzt sich hin, um zu essen. Zum Fleisch werden sie den dunklen Barolo-Wein trinken. Die Gäste fangen an, einander häufiger zu berühren, die Scherze folgen rascher aufeinander. Wenn jemand etwas vergessen hat, gibt es jemand anderen, der sich an seiner oder ihrer Statt erinnert. Sie halten einander an den Händen, wenn sie lachen. Manche legen Dinge ab, die sie zuvor getragen haben – eine Krawatte, ein Jackett, Sandalen, die zu eng geworden sind. Die Koteletts auf dem Brett wollen genommen und mit den Zähnen abgeknabbert werden. Alle nehmen teil.

Die Hochzeitsgäste werden zu einem einzigen Tier, das gut gefressen hat. Ein seltsames Geschöpf, das sich da im Obstgarten einer Witwe findet, ein halb mythisches Geschöpf, wie ein Satyr mit dreißig Köpfen oder mehr. Wahrscheinlich so alt wie die Entdeckung des Feuers durch den Menschen, lebt dieses Geschöpf niemals länger als einen Tag oder auch zwei, und es wird erst wiedergeboren, wenn es wieder etwas zu feiern gibt. Weshalb Feste selten sind. Für die, die zu dem Geschöpf werden, ist es wichtig, einen Namen zu finden, auf den es hört, solange es am Leben ist, denn nur dann können sie hernach in ihrer Erinnerung wieder wachrufen, wie sie sich eine Zeitlang in seiner Glückseligkeit verloren.

Luca wird die Hochzeitstorte aus seinem Lieferwagen holen. Sie hat fünf Schichten und ist mit Orangenblütenzweiglein in dreifarbigem Zuckerguß verziert. In Mondsilber steht auf der Oberseite der Name geschrieben: GINON.

Nur fünf Buchstaben, sagt er, und ihr seid beide darin! Ich habe es plötzlich gesehen, als ich mit den Blumen gerade fertig war. Weißt du, was ich machen werde, Mimi? habe ich gesagt. Ich werde GINON schreiben. Ihr beide in einem!

Und das wird für immer der Name des dreißigköpfigen Geschöpfs im Obstgarten.

Ninon wird jedem, der zur Hochzeit gekommen ist, ein Stück von dem Kuchen anbieten, selbst anbieten. Sie werden einen Glückwunsch aussprechen. Sie werden sich erinnern, sie werden die Süße genießen. Auf jedem Stück sind kandierte Orangenblütenblätter.

Sie trägt die Platte hoch an ihrem Busen. Vor jedem Gast bleibt sie stehen, sagt nichts, lächelt und senkt die Augenlider mit den langen Wimpern, so daß der Gast den Eindruck hat, die Braut hat den Kopf geneigt. Am Rand der Platte, die sie hält, zerren die weißen Knöpfe des Oberteils ihres Kleides in ihren kleinen Schlingen aus weißer Baumwolle. Die obersten drei sind aufgegangen.

Die dreißig Zöpfe auf ihrem Kopf, die auf- und abhüpfen und kreiseln, während sie geht, haben beim Flechten so viel Geduld und Zeit gekostet, daß sie vorschlägt, Gino solle nur einen pro Nacht lösen, nachdem sie verheiratet sind. Jede Nacht werden sie aussuchen, welche kleine Strähne dran ist.

An der linken Hand trägt sie den Schildkrötenring aus Afrika, und heute kommt die Schildkröte heim, sie schwimmt auf sie zu, den Kopf in Richtung ihres Handgelenks. An der rechten Hand ist der Trauring, der noch nie getragen wurde, den Gino ihr vor fünf Stunden auf den Finger gesteckt hat und mit dem sie sterben wird.

Allmählich hören alle auf zu sprechen, während sie ihr zusehen. Ihr Gang ist so leicht und zugleich so feierlich.

198

Ich verlasse euch, sagte die Dichterin Anyte, ich verlasse euch, über meine Augen zieht der Tod sein schwarzes Tuch, es ist dunkel, wohin ich gehe.

Die Kinder kommen aus der Schule. Einige jagen über den Platz, um in den Obstgarten hinabzusehen.

Sie sind immer noch am Feiern!

Die Braut hat ihr Dingsbums abgelegt! Seht mal den da – den einen dort im Gras – er ist betrunken.

Bei Hochzeiten gibt es immer Leute, die sich betrinken, sie warten auf den Vorwand, sagt meine Mami.

Wenn ich mal heirate, werde ich –

Was macht die Braut?

Wenn du heiratest! Dazu mußt du erst mal einen Jungen finden, der groß genug ist –

Sie winkt uns zu.

Sie sagt, wir sollen herunterkommen.

Sie stolpern die Böschung hinunter, kreischend und lachend. Als ihnen Ninon mit der Platte entgegenkommt, werden sie ein wenig schüchtern. Sie nehmen ein Stück – sind sich jedoch nicht sicher, ob sie es jetzt essen oder für später aufheben sollen.

Eßt! befiehlt Federico, es ist das Beste, was ihr je in eurem Leben kosten werdet!

Chico, der zwölf Jahre alt und der Sohn des Inhabers der Fiat-Werkstatt ist, starrt sie so gebannt an, daß er vergißt, die Hand zu heben und ein Stück zu nehmen.

Wie, so fragen seine Augen, wie ist sie darunter? Er ist noch nie einer Braut so nahe gewesen. Wie ist sie darunter? Ist sie jeden Tag gleich? Sie ist schon halb ausgezogen. Oder ist sie anders, niemals zweimal gleich? Er weiß, wie sie ficken, da ist nichts Geheimnisvolles dabei, er hat genug Comic strips gesehen, aber sie ist so klein, sie ist kaum größer als er, und das Geheimnis ist auf ihrer Haut, es leuchtet und geht von ihren Beinen aus und ihrem Körper und ihrem Gesicht und ihrem seltsamen Haar und den Millionen Dingen, die sie damit machen kann. Es leuchtet und glitzert und hat eine Temperatur und einen Geruch, und die ganze Zeit wandelt es sich mit dem Ausdruck ihrer Augen und mit dem, was ihre Finger berühren, wenn sie etwas berühren. Dem Mann, den sie heiratet, wird sie etwas schenken. Wenn er die Augen schließt, kann er raten, was. Es ist nicht das, was du bei den Mädchen fühlst, wenn du den Finger dort hineinsteckst. Wenn er die Augen schließt, kann er es raten. Sie wird ihm ein Geheimnis schenken, und das ist die Braut. Alle Soldaten wissen, daß jede Braut gleich ist. Herausgeputzte Minas, die kurz davorstehen, Männern in großen Hochzeitsbetten ihre Geheimnisse zu schenken. Die Sache ist die: Jedes Geheimnis ist ein Geheimnis, das keiner erraten kann, wenn er die Augen offen hat. Also bleibt es eins. Alles an ihr ist das Geheimnis, und das Geheimnis ist süß und warm, und nichts dazwischen, das schrammt, nichts, das sie auseinanderhält, und alles darunter, was guttut. Rein wie Orangenblüten, das Geheimnis der Braut, und es schmeckt nach Zucker. In dem Baum unter dem Kleid, das ausgezogen wird, was erzählt da ein kleiner Vogel?

Wie heißt du? fragt ihn Ninon.

Chico.

Willst du denn kein Stück von meiner Hochzeitstorte, Chico?

Es ist die heißeste Zeit des Tages. Sogar die Schmet-

terlinge, die auf den Mohnblumen an der Deichbö-
schung sitzen, flattern langsamer. Scoto, der Wassermelonenverkäufer, zieht los, um ein paar Krüge mit Eistee
aus einem der Lieferwagen zu holen. Gino hat einen
Schlauch aufgetrieben, aus dem er kaltes Wasser in ein
rotes Plastikbassin laufen läßt. Ein paar Kinder stecken
schon den Kopf hinein und schütteln sich das Wasser
aus dem Haar.

Als Ninon auf dem Weg ins Haus dort vorbeigeht,
wird ihr Rock naß, und an den Beinen spürt sie ein
kühles Muster, wo das Spitzenfiligran ihrer Strümpfe
das Wasser durchgelassen hat.

In dem Schlafzimmer, das letzte Nacht ihres war,
betupft sie sich den Nacken mit dem Parfüm, das ihr
Vater ihr geschenkt hat. Saba. Wo sie heute nacht schlafen werden, weiß sie nicht. Gino sagt, es ist ein Geheimnis. Vielleicht brauchen sie ja auch gar nicht zu
schlafen...

Zdena ist ihrer Tochter ins Haus gefolgt.

Leg dich doch zehn Minuten hin, mein Kleines, sagt
Zdena, die ins Zimmer getreten ist. Du darfst nicht
müde werden.

Sie hupen! Die Musiker kommen. Ninon summt die
Melodie: *Last Friday Drives Monday Crazy*. Sie sind so wild
wie Gino, sagt sie. Drives Monday crazy...

Ermüde dich nicht zu sehr, sagt Zdena, du hast noch
die ganze Nacht vor dir, mein Liebes. Leg dich doch
zehn Minuten hin.

Müde! Heute bin ich unermüdlich. Ich könnte heute
mehr tun, als du in deinem ganzen Leben getan hast,
Mutter.

Das stimmt.

Du hast nicht mal geheiratet, oder? Nicht einmal, als du von uns fort- und zurückgegangen bist. Vielleicht tust du es eines Tages, Maman. Ich wünsche es dir. Einen leidenschaftlichen Mann mit breiten Schultern, den du nicht kennst ... und eines Tages erzählst du ihm von deiner Tochter Ninon und ihrer Hochzeit in diesem Haus und dem Festmahl im Obstgarten.

Zdena kann es nicht verhindern, daß ihr Tränen in die Augen treten.

Nimm ein wenig von Papas Parfüm. Ninon hält ihrer Mutter den Flakon hin. Es heißt Saba. Ninon ist lebendig, das siehst du. Heute morgen hat Ninon geheiratet, das siehst du. Sprich nicht davon, daß Ninon müde ist.

Ein Lastwagen wird bei der Platane auf dem Platz halten. Fünf Männer mit langem Haar und Fransen an den Ärmeln werden aussteigen. Sie scheinen zu müde zum Gehen oder Sprechen. Zwei lehnen am Lastwagen, einer liegt auf der Bank bei der Bushaltestelle, und die anderen beiden schauen in den Himmel. Vielleicht warten sie auf ihre eigene Musik, die sie daran erinnern wird, weshalb sie versprochen haben, hierherzukommen und auf diesem gottverlassenen Platz zu spielen.

Vor langer Zeit gab ein römischer Konsul ein Abendessen für achtzehn Gäste im ausgehöhlten Stamm einer Platane. Im ewigen Schatten einer Platane hat Zeus sich in einen Stier verwandelt, um Europa zu verführen. Die Platane auf dem Platz in Gorino, von der ich spreche, wurde erst vor ein paar Jahrzehnten gepflanzt.

Die Musiker entrollen die Kabel, bauen ihre Anlage auf. Einer von ihnen klettert auf den Baum. Wie Straßenverkäufer suchen auch Musiker Menschenmengen, sie bauen auf, geben ihre Vorstellung und fahren weiter. Der Unterschied besteht darin, daß niemand das, was sie zu bieten haben, in eine Tasche stecken kann. Es liegt in der Luft. Doch damit es die Gelegenheit hat, dort zu sein, bedarf es elektronischer Präzision: Regler, Stecker, Mikros – alles muß sorgfältig überprüft werden. Heute abend gehen die fünf Männer ihre gewohnte Tätigkeit langsam an, als wären sie verpflichtet, für jemand anderen zu arbeiten. Vielleicht für die Götter, auf die sie sich nicht verlassen können.

Noch nie so weit gefahren, beklagt sich der Sänger, unser nächster Auftritt wird auf einem Floß auf dem Meer stattfinden. Die Knöchel seiner linken Hand zeigen Quetschungen, und an manchen Stellen ist die Haut aufgeplatzt. Er wiehert in ein Mikrophon, um es auszuprobieren.

Können Fische hören? fragt der Gitarrist. Der Gitarrist trägt eine dicke Brille und hat kurzsichtige Augen. Ich glaube nicht, daß Fische hören können, sagt er und beantwortet seine eigene Frage. Dann schlägt er ein paar Akkorde auf seiner Gitarre an und blickt fragend zu ihrem Fahrer, der das Mischpult bedient.

»Wo ins Meer, he ha ho, fließt der Po, he ha ho«, summt der Sänger, der letzte Nacht einen Boxkampf bestanden hat. Er stellt die Höhe des Mikrophons ein.

»Es ist der Arsch der Welt«, fällt der Baßspieler ein, der einzige von ihnen, der ein Jackett anhat.

Ein Scheißdreck ist es! faucht der Sänger ihn an. Gino

hat Verwandte hier. Ich bin mit Gino zur Schule gegangen, und für ihn würden wir auch in Katmandu spielen, wenn er es wollte. Wir sind in Gorino, kapiert?

Ninon kommt über den Platz auf die fünf Männer zu. An einigen Stellen ist Sand über den Asphalt geweht, an anderen wächst Gras durch die aufgebrochene und gerissene Fläche, doch sie geht auf sie zu, als durchquere sie den gefliesten Hof ihres Palastes. Ihre Haltung ist von einer Art, daß niemand über sie urteilen kann.

Danke, sagt sie, daß ihr heute abend gekommen seid.

Sie heftet ihre Augen auf den Schlagzeuger, der Fats genannt wird. Er ist von der auffallenden Schlankheit, die manchmal mit dem Spielen von Schlaginstrumenten einhergeht. Um ein Schlagzeug gut zu spielen, lauscht ein Mann die ganze Zeit auf die Stille, bis sie sich aufspaltet in Rhythmen, schließlich in jeden vorstellbaren Rhythmus. Sie tut das, weil die Zeit kein Fließen ist, sondern eine Abfolge von Impulsen. Jener Stille zu lauschen läßt den Körper eines Mannes oft dünn werden.

Ehe einer von den anderen antworten kann, nimmt der Schlagzeuger seine Stöcke und läßt auf seinen Trommeln einen Wirbel ertönen.

Der Hintergrundrhythmus seines Solos – wie ein Kind, das sehr kurzbeinig und sehr schnell ein paar Korridore entlangläuft – wird Ninon an den Plan erinnern, den sie faßte, als sie ein Kind war, nämlich ein Haus zu haben, in dem jedes Fenster einen Blick aufs Meer hätte. Das Solo geht weiter und weiter.

Als er es schließlich mit einem Beckentusch zu Ende bringt und das letzte Echo verhallt ist und sie wieder die Zikaden im dichten Gras hinter der Kirche hören, sagt

Ninon: Kommt und begrüßt euren Freund Gino, meinen Mann.

Und Fats, der Schlagzeuger, setzt vier Worte hinzu: Die Stars heute abend...

Gino und Ninon werden als erste tanzen. Die Braut, wird sie ihm ankündigen, möchte jetzt tanzen, würde es meinem Mann gefallen, sich mir anzuschließen? Und sie tanzen allein, damit jeder es sieht und sich daran erinnert.

Bald schließen sich ihnen andere Paare an. Die Musik ist laut. Sie bringt das Dorf auf den Platz. Die Kellner servieren Wein. Federico organisiert für die kleinsten Kinder ein Froschhüpfen. Die Sonne steht tief im Westen, und immer mehr Menschen tanzen auf der Plattform: ein Dielenboden, der vor der Band auf dem Platz ausgelegt wurde, damit die Tanzfläche eben ist. Die Bretter wurden vom Fischmarkt in Comacchio ausgeliehen. Es gibt viele Zuschauer, darunter auch einen Mann in einem Rollstuhl. Nur wenn Gino und Ninon sich in der Menge verlieren, kommt die Musik ihnen nahe.

Was hast du mir angetan? flüstert sie und berührt sein Gesicht, um auch ihn näher zu sich zu bringen.

Es ist seltsam, wie der Ort, von dem die Musik ausgeht, wechselt. Manchmal tritt sie in den Körper ein. Sie kommt nicht mehr durch die Ohren herein. Sie nistet sich dort ein. Wenn zwei Körper tanzen, kann das rasch geschehen. Was man spielt, wird dann von den Tänzern gehört, als würde die Musik, die schon in ihren Körpern ertönt, aufgezeichnet, den millionstel Bruchteil einer Sekunde zu spät. Mit der Musik tritt auch Hoffnung in den Körper ein. Das alles habe ich in Piräus gelernt.

Auf dem Tanzboden in Gorino tanzen die Tänzer unter dem Nachthimmel. Fats hat in der Stille den bisher schnellsten Puls gefunden.

Zdena tanzt in den Armen des Eisenbahners, dem es aufgrund seiner Ähnlichkeit mit einem bestimmten Schauspieler in einem tschechischen Film bestimmt ist, so glaubt sie, ihr Freund zu werden. Wo immer Jean eine Fußspur hinterläßt, ist die ihre daneben.

Der Gitarrist lehnt sich zurück, um zu verhindern, daß seine Gitarre wie ein Tukan in den Nachthimmel davonfliegt.

Heute abend schmerzen Zdenas Finger nicht. Ihre Hüften und Schultern sprechen wortlos zu Jean von alldem, was nicht geschehen ist. Später wird sie ihm von den Drosseln erzählen und ihn um Rat fragen, ob sie Ninon die Vogelpfeifen geben soll oder nicht.

Der Beat tritt in Ninons Blutkreislauf ein und fordert die Anzahl der Lymphozyten heraus, NKs, Beta 2. Musik in meinen Knien für Gino, sagt ihr Körper, Musik unter meinen Schulterblättern, quer durch mein Becken, zwischen jedem meiner weißen Zähne, meinen Hintern hinauf, in meinen Löchern, in der gelockten, schwarzen Petersilie in meinem Schritt, unter meinen Armen, meine Speiseröhre hinab, überall in meiner Lunge, in meinem absteigenden und in meinem aufsteigenden Darm, überall da ist Musik für Gino, Musik in meinen Fingerknöcheln, in meiner Bauchspeicheldrüse und in meinem tödlichen Virus, in all dem, was wir, verdammte Scheiße, nicht machen können, und in den unbeantwortbaren Fragen, die meine Augen stellen, überall da ist Musik, die zusammen mit der deinen spielt, Gino.

Die Band hört auf zu spielen, und Gino sieht Ninon an, und er sagt: Wir schaffen es, ohne ein Wort vom Glück, nicht wahr?

Sie zögert, dann küßt sie ihn voll auf den Mund. Glückstränen in den Augen.

Und was machen wir vor der Ewigkeit?

Uns Zeit lassen.

Ohne Schuhe tanzen?

Sie schleudert ihre Schuhe vom Tanzboden. Und dann setzt sie sich hin, indem sie die Ärmel hochschlägt und diskret ihr Kleid um sich breitet, und sie steckt die Arme unter den Rock, um sich die weißen Spitzenstrümpfe zu lösen und von den Beinen zu ziehen. Worauf sie ohne Musik barfuß auf den Brettern tanzt, die die Fischweiber in Comacchio so oft geschrubbt haben, daß sie so ebenmäßig sind wie eine Tischplatte. Während sie so tanzt, ist Ninon eher eine Vagabundin als eine Braut. Als wäre ein Reiter gekommen, um sie auf einem Pferd zu entführen, wie es der kahlköpfige Mann in dem Bus auf der Fahrt nach Venedig vorhergesagt hatte.

Marella und Lella gießen weiteren Spumante ein. Der Sänger wischt sich den Kopf mit einem Handtuch ab. Der Gitarrist untersucht seine rechte Hand; die Finger, mit denen er zupft, sind blutverschmiert. Der Schlagzeuger geht allein den östlichen Deich entlang. Die Sterne sind hervorgekommen. Dante sagt: In seiner tiefen Unendlichkeit sah ich eingesammelt und von Liebe in einen Band gebunden die verstreuten Blätter des ganzen Universums.

Ninon findet ihren Vater und küßt ihn – als könne sie

mit ihm und mit ihm allein noch einmal ein Mädchen sein.

Papa, morgen, am ersten Tag meines Ehelebens, machst du da mit mir eine Fahrt auf deinem Motorrad?

Ich habe einen zweiten Helm dabei.

Schnell?

Schnell, wenn du willst.

Mit dir habe ich niemals Angst.

Weitere Dorfbewohner werden auf den Tanzboden kommen. Die Musiker werden wieder spielen. Alte Frauen werden miteinander tanzen, um noch einmal die Musik in ihrem Körper zu fühlen.

Der Anfang der Musik – alle Rembetes wissen das – war ein Geheul, das einen Verlust beklagte. Das Geheul wurde zu einem Gebet, und aus der Hoffnung in dem Gebet entstand die Musik, die ihren Ursprung niemals vergessen kann. In ihr sind Hoffnung und Verlust ein Paar.

Warum müssen sie so laut spielen, fragt ein Fischer, der ein makelloses weißes Unterhemd angezogen hat und auf dessen Schulter ein Adler tätowiert ist. Als ich jung war, haben wir zu einem Akkordeon getanzt. Das war genug. Sie werden taub werden, all diese jungen Leute. Gesù Maria, sieh dir an, wie sie tanzt!

Sie spielen laut, sagt der Mann im Rollstuhl neben ihm, um das Getöse der Welt draußen zu halten. Das ist die Wahrheit.

Was? fragt der Fischer.

Du bist es, der taub ist!

Sieh sie dir an!

Der behinderte Mann dreht den Rollstuhl herum, um

seinem gewohnten Gegenspieler ins Gesicht zu sehen,
der auch sein Schwager ist. Heute, wiederholt er, müssen sie das Getöse der Welt niederschreien! Sie müssen
es aussperren, indem sie die Lautstärke aufdrehen. Er
schwingt den Stuhl zurück, um verzückt die Tänzer zu
betrachten. Nur dann können sie sagen, was sie zu sagen
haben. Es gab kein solches Getöse, als wir jung waren.
Wir brauchten nichts auszusperren. Die Welt war ruhig,
nicht wahr? Hier war es sehr ruhig.

Gesù! Sie soll immerhin die Braut sein, oder?

Sie ist verliebt! sagt der Mann im Rollstuhl, als wäre er
im Begriff, ein Lied anzustimmen, verliebt, Raimondo!

Eher wie eine Nutte. Puttana!

Ninon tanzt barfuß mit den Armen um Ginos Hüfte
und den Fingern unter seinem Gürtel. All ihre Zöpfe drehen und winden sich wie ein heimliches Spiel für sie beide.

Wenn sie ihre erste Lungenentzündung hat und zu
Hause im Bett liegt, nachdem Gino zum Markt aufge-
brochen ist, wird sie zu Gott beten: Die Welt ist schlecht
– wie kann irgend jemand das nicht sehen? –, die Welt ist
schlecht. Und Christus ist die Erlösung der Welt, wird
ihre Seele wortlos sagen, er war es nicht, er wird es nicht
sein, er ist es. In einem Raum, größer als das Universum,
dem Raum, der von uns allen gebildet wird, wenn wir die
Augen schließen, von allen Menschen, die leben, die
gelebt haben, die leben werden, dort in dem dunkelsten
Loch, das einen Raum ausfüllt, der größer ist als das
Universum, stirbt er und ist die Erlösung. Die Luft berührt meinen ganzen Körper, tut ihm weh. Es ist noch
früh, die Autos setzen sich in Bewegung. Gino wird um
vier Uhr zu Hause sein.

Von seinem Schemel aus trommelt der Schlagzeuger einen Wirbel nach dem anderen. Die Gäste sagen zueinander, daß sie noch nie auf einer solchen Hochzeit gewesen sind. Ninon hebt die Arme und steckt die Hände in Ginos Haar. Beide tanzen auf Zehenspitzen.

Gino wird sie in einem Rollstuhl fahren, ähnlich dem, den der Schwager des Fischers hat, wenn sie nicht mehr genug Kraft in den Beinen hat, um zu gehen, und Federico wird einen speziellen Tisch erfinden und auf die Armstützen des Rollstuhls schweißen, so daß sie imstande sein wird, im Stuhl zu essen.

Jetzt berührt sie Ginos Wange und wendet sich ab, um allein für ihn zu tanzen. Schwebend wie ein Vogel, der dem Wind entgegenfliegt, läßt sie sich wieder und immer wieder über dieselbe Stelle am Boden treiben und zurückwehen, während ihre Hände den Rhythmus aus der Luft pflücken.

Eines Nachts wird sie sagen: Ich sterbe.

Ich auch, wird Gino antworten.

Nicht so bald wie ich. Ich habe nichts mit meinem Leben gemacht.

Du hast viele Menschen glücklich gemacht.

Ich möchte trinken, Gino.

Orangensaft?

Nein. Gin! Eine ganze Flasche!

Die Band spielt *Last Friday Drives Monday Crazy*. Ninon liegt in Ginos Armen. Der Schmerz in dem langsamen Stück trägt Jahrhunderte ununterdrückbarer Hoffnung im Herzen.

In irgendeinem italienischen Marktstädtchen schiebt eine Mutter einen Kinderwagen. Sie ist auf dem Weg zum Schlachter, ihre Beine sind noch nicht sonnengebräunt. Sie bleibt stehen, um Marella zu begrüßen, die in den Kinderwagen späht – das Verdeck ist hochgeklappt und hat einen weißen Spitzenbesatz, den sie von ihrem Hochzeitskleid abgeschnitten hat, damit die Sonne nicht in die Augen des Babys scheint –, und Marella macht durch die geschürzten Lippen ein zwitscherndes Geräusch und sagt mit einem Lächeln: Er ist Gino wie aus dem Gesicht geschnitten, nicht wahr? Das, was niemals geschehen wird, liegt in der Musik, zu der sie am Tag ihrer Hochzeit tanzt.

Wenn die Zeit ein Puls ist, zu dem die Musik sie macht, dann ist die Ewigkeit in den Zwischenräumen.

Sie wird sich in dem Krankenhausgarten unter den Arkaden zurücklehnen, und ihr Freund Filippo mit der kirschroten Samtkappe wird sie mit seinen sanften, irritierten Augen anschauen und sagen: Das Schwerste ist nicht, zum Sterben verurteilt zu sein. Das Schwerste ist, wie alt wir sind. Ich gehe wie ein alter Mann. Ich schleppe mich die Treppen hinauf wie ein alter Mann. Ich halte mir den Magen wie ein Alter. Hör mir zu und schließ deine schönen Augen, Ninon. Ein alter Narr von achtzig Jahren, würdest du sagen, der über seine Worte stolpert. Zwischen einem Frühling und einem Herbst altern wir um fünfzig Jahre. Das ist das Schwerste, und das ist das Werk unserer kleinen Truppe von Krankheiten, jede von ihnen erbarmungslos. Bis sie einen von uns finden, Ninon, sind sie normal, uniformierte Krankheiten, beinahe unschuldig. Wenn sie uns finden, plündern und massakrieren sie uns. Und Filippo wird sie ansehen, mit zitternden Händen und zärtlichen Augen.

Sie greifen uns nicht an, sie hassen uns, Ninon. Die da – die SIDA-Fälle – können sich nicht wehren, sagen die Krankheiten zueinander, sie sind Scheiße, die da. Und Filippo wird seine kirschrote Kappe abnehmen und sie sich in einem noch anmutigeren Winkel als je zuvor wieder auf den Kopf setzen. Und auf diese Weise altern wir so schrecklich. Was das übrige angeht, so mach dir keine Sorgen, Liebes, es ist in Ordnung. Was das übrige angeht, wird Filippo traurig sagen, sind wir reines Licht.

Ninons Vorderpartie berührt vom Kinn bis zu den Zehen die Ginos, und sie ist es, die seine Beine bewegt, wobei ihre Arme gerade herabhängen.

Sie wird versuchen, sich das Haar zu kämmen, und jeden Morgen wird sie darum bitten, daß man ihr die Armbanduhr anlegt, sie wird eine Morphiuminfusion bekommen, und bei geschlossenen Augen wird ihre Haut spüren, wie seine Hand die Angst fortstreichelt, und seine Hand wird die Wärme spüren, die als einziges bleiben wird, wie ein Kuß rings um die Knochen ihres geliebten Körpers. Sie wird siebzehn Kilo wiegen, und ihre Augen mit den langen Wimpern in den dunklen Höhlen werden in die seinen blicken.

Durch eine Klangkaskade, in der alles langsamer wird, schreit der Sänger, der letzte Nacht einen Boxkampf hatte, heraus: ». . . drives Monday crazy.«

Komm, machen wir einen Aal, Gino, wir können doch den Aal tanzen! Hüpf von Flußstein zu Flußstein, leg mich auf dem Feld nieder und folg der Böschung, fahr mit dem Skateboard die Stufen des Bahnhofs hinab, wo unsere Freunde streiken, hipp-hopp in den Lieferwagen, und spring mit allen Sachen ins Bett, hock im Café hinter dem Markt, kletter die Pyramide hinauf, dreh meine Arme sanft nach innen, mach ein Tänzchen in dem Zug mit den toten Soldaten, die zu unserer Hochzeit gekommen sind, saus den Korridor mit den Büros entlang, die von uns nichts wissen wollen, flieg zwischen Wasser und Himmel über meinen Mund, der gesagt hat, ja, ich will, ich nehme diesen Mann, um mit ihm zu tanzen, hock dich hin, so daß unsere Schenkel eine Stufe bilden, und auf die Stufe steigend reichst du an das Licht in unserer Küche heran, um die Birne auszuwechseln, tanz, bis unsere Gäste gegangen sind, mach noch einmal den Aal, auf immer und ewig, Gino.

Sie wird nicht mehr imstande sein zu sprechen. Um ihr ein paar Tropfen Wasser in den ausgetrockneten Mund zu geben, wird er eine Injektionsspritze benutzen müssen. Sie wird nicht die Kraft haben, irgend etwas zu bewegen, außer ihren Augen, die ihn befragen werden, und ihrer Zungenspitze, um an die Wassertropfen heranzukommen. Er wird neben ihr liegen. Und eines Nachmittags wird sie die Kraft finden, den Arm zu heben, so daß ihre Hand in der Luft bleibt. Er wird ihre Hand in die seine nehmen. Der Schildkrötenring wird an ihrem Ringfinger stecken. Ihrer beider Hände werden in der Luft bleiben. Die Schildkröte wird hinausschwimmen, von dannen. Und seine Augen werden ihr folgen ins Ewige.

Die Musikanten bauen ab. Ein oder zwei Paare tanzen zu der Musik, die noch in ihrem Kopf ist. Ninon steht vor Gino. Gerade eben noch trug er sie gegen seine Brust gedrückt und hatte eine Erektion. Ihr Hochzeitskleid ist verschmiert wie eine Fahne nach der

Schlacht. Ihre Haut glänzt. Ihre Füße sind schwarz. Sie schüttelt den Kopf, als schüttele sie Wasser aus dem Haar. Ihre dreißig kleinen Locken werden wild. Sie hält inne. Nun kreiseln sie nicht mehr, sie zittern nur noch. Jetzt, sagt sie, jetzt ist deine Zeit gekommen, eine zu lösen . . .

Das Tama des Blechherzens hat nicht ausgereicht. Ich war von dem Augenblick an beunruhigt, als der Eisenbahner sagte: »Überall«, und ich wußte – oder glaubte zu wissen –, was das bedeutete. Ein anderes Tama war vonnöten, diesmal nicht aus Blech, sondern aus Stimmen. Hier ist es. Legen Sie es neben die Kerze, wenn Sie beten...

Die Einkünfte des Autors aus diesem Buch
und die Erfolgsbeteiligung des Übersetzers
gehen an die Deutsche Aidshilfe e.V.,
Diefenbachstraße 33, 10967 Berlin.